JN091283

大活字本シリーズ

奥田英朗

沈黙の町で

《上》

埼玉福祉会

沈黙の町で

上

装幀　関根利雄

1

国語教師の飯島浩志《いいじまひろし》が机の電話を取ったのは、夏の陽《ひ》もすっかり暮れた、七月一日の午後七時十分頃であった。桑畑《くわばた》市立第二中学の職員室には十人ほどの教師が居残っていて、それぞれ期末試験の作成に追われていた。外からの電話には、いつもなら事務員か新任教師が応対するのだが、そのどちらもすでに帰宅していて、仕方なく、中でいちばん若い三十歳の飯島が出ることになった。学校にはあまりいい知らせはかかってこない。ましてやこの時間である。

「二年B組の名倉祐一《なぐらゆういち》の家の者でございます」

受話器から聞こえる暗い声に、飯島は反射的に身を硬くした。同時に生徒の顔が浮かぶ。教科で授業を受け持つクラスの生徒だ。小柄でおとなしくて目立たない。それが印象のすべてだ。部活は確かテニス部だったはずである。

「実は息子がまだ学校から帰ってこないんですが、何か補習とか、部活動とか、そういうのはあったんでしょうか」

「いいえ。試験前ということで、今日から部活動は休みに入ってます。生徒は三時過ぎには全員帰っているはずです」

「そうですか。じゃあどこかで道草を食っているんでしょうか」

「祐一君は携帯を持ってますか」

飯島はごく事務的に聞いた。学校では生徒の携帯電話持ち込みを禁止しているが、それに納得しない保護者も多く、実際は見つけたときだけ注意するといった状況になっている。なし崩しで、規則は用をなさなくなった。

「はい……」母親が遠慮がちに答えた。

「鳴らしても出ないわけですか」

「そうです」

母親は、息子の帰宅がこれまで七時を過ぎたことはなく、寄り道をする心当たりがないこと、携帯電話の留守録にも応じないことを心配そうに訴え、警察に届けたほうがいいかと相談してきた。

「さあ、それはどうでしょうか」

飯島は返答に困り、とりあえず八時まで待ってみてはどうかと提案し、自分たちも校内を見回ってみることを約束した。

「何かわかりましたら、すぐにお電話いたします」

「すいません。お願いします」

受話器の向こうで母親が恐縮していた。

電話を終えた飯島は、二年の学年主任・中村《なかむら》に電話内容を報告し、見回りのため席を立った。ついでに校門の外でたばこを吸おうと、マイルドセブンと百円ライターをズボンのポケットに突っ込んだ。壁にかけられた校内施設の鍵の束を手にする。

職員室を出ると、むっとした熱気が肌に絡みついた。梅雨明けまで、例年通りならまだ半月ほどかかる。北関東に位置するこの内陸の小さな市では、夏に三十五度を超えることが幾度もあった。気象庁は、今年は暑い夏になりそうだと予報していた。

校門の外で一服してから、まずは二年B組の教室に行った。校舎に人の気配はなく、サンダルの足音が廊下にこだましていた。念のために実習室やトイレものぞき、誰もいないことを確認した。そして体育館と用具置き場を点検し、運動部の部室棟へ向かおうとしたとき、渡り廊下にたばこの吸殻を見つけた。教師が捨てるわけはないから、生徒の誰かがここで吸ったのだろう。第二中は三学年で全十二クラスあるが、二、三年生の一部に不良グループがあった。先月も夜間徘徊《はいかい》で数人が補導されたばかりだ。彼らと対峙《たいじ》するときは、こちらも緊張する。

飯島は吸殻を拾い上げると、近くのくず入れに捨て、部室棟の外階段をカンカンと音を立てて上がった。部室棟の二階には六つの部屋が並び、校庭を練習場とする運動部がそれぞれ入っている。飯島は手前からドアノブを回していった。どれもちゃんと施錠してあった。ドアは各部で施錠し、鍵を定められた置き場所に戻すことになっている。

いちばん奥が男子テニス部だった。ドアノブを握ると、するりと右に回った。鍵がかかっていない。名倉の所属するテニス部の部室だ。少しだけいやな予感を抱え、ドアを開けた。「誰かいるか」声をかける。電気をつけると、青白い蛍光灯の明かりが広さ十畳ほどの室内を照らした。ネットや用具が雑然と置かれているだけで人はいなかった。

男子の汗の臭いが充満している。

ふと足元に目がいった。学校指定の黒いスクールバッグがひとつ、壁際に置いてあった。しゃがんで名札を確認する。「2年B組　名倉祐一」と丁寧な字で書いてある。

飯島は中を開いた。教科書とノート類。とくに気になる物は入っていない。名倉は鞄《かばん》を置いて帰ったのか。それにはどんな事情があるのか――。考えてもわかるわけはなく、とりあえず職員室へ持っていくことにした。そして部室を出て、外廊下の突き当たりの手摺《てすり》から何気なく下をのぞき、背筋が凍りついた。

コンクリートの側溝に人が倒れていた。薄暮の中、白いシャツと黒いズボンが目に飛び込む。生徒だとすぐに判断できた。

飯島はあわてて外廊下を走り、階段を駆け下りた。心臓が早鐘を打つ。口の中が一瞬にしてカラカラになった。

現場に立った。「おい」と声をかけながら、生徒の顔をのぞき込む。名倉祐一だった。目を閉じている。顔に色はない。飯島はしゃがみ込んで生徒の体を揺すった。まったく反応はなかった。

側溝にはどす黒い血が溜《た》まっていた。しかも凝固しかけている。だいぶ時間が経《た》ったということか。腕を取り、脈を確認しようとしたが、すでに冷たくて無駄とわかった。死んでいる――。

全身が震えだした。奥歯がカタカタと鳴った。これほどの動揺は生まれて初めての経験だった。事件か、事故か。飯島は反射的に空を見上げた。部室棟の隣には樹齢百年を超える銀杏《いちょう》の大木があった。その枝葉が、覆い被《かぶ》さるように茂っている。

男子生徒たちが、時々部室棟の屋根から枝に飛び移っては、スリルを味わっていた。もちろん学校はそれを禁じているが、陰で危険行為に挑む生徒は後を絶たない。名倉祐一は、それをして転落したのか。

それとも――。

飯島は職員室へと走った。これは大変なことになると、大混乱した頭で思った。校内で死人が出た。しかも生徒だ。

職員室の明かりが、夜の海に漂うイカ釣り漁船のように揺れて見えた。

桑畑警察署の当直室で、刑事の豊川《とよかわ》康平《こうへい》はテレビを見ながら仕出し弁当を食べていた。署内ではたばこを吸える場所が限られているので、喫煙者たちは、食事時になると当直室に集まり、レジスタンスのようにこっそりと食後の一服を楽しむのである。

この日の豊川は「待機」と呼ばれる当番で、署内にいれば何をしていてもいい立場にあった。刑事部屋の同じ班の同僚たちは、将棋を指したり、昇進試験の勉強をしたりして、時間をつぶしていた。今夜は何も起きませんようにと、豊川は当直室に入るとき神棚に手を合わせた。少し前までは犯罪とは無縁だったこの田舎町も、最近では窃盗やら傷害事件が多発していた。先週もコンビニ強盗があったばかりだ。署員が八十人しかいないので、事件が重なると手一杯になる。

携帯メールが着信したので開いて見ると、妻からだった。どうせ赤ん坊の写真だろうと開くと、案の定、生後四カ月の息子が笑っている写メールだった。「パパ、気をつけてね」とのメッセージも。豊川は目を伏せて苦笑した。

「可愛《かわい》いッスね。太一ちゃん」

部屋に入ってきた新任刑事の石井《いしい》が、うしろからのぞき込んで言った。

「おう。ちゃんと見せてやるぞ」

携帯の画面を突き出す。後輩相手なので遠慮なく親馬鹿になれた。

「おまえも早く嫁さんもらえ。刑事はな、家族の支えがないとやってられねえぞ」

「じゃあ誰か紹介してくださいよ。ここへ来てからは、婚活する暇もないんですから」

図体ばかりでかい童顔の刑事が口をすぼめて言った。テーブルに着き、弁当を開く。割り箸を剣のように擦《こす》り合わせると、猛烈な勢いで食べ始めた。

「あ、そうだ。署長命令で全署員、月内の武道教練十時間を課すそうです」

「誰が言った」

「書面で回ってきたんですよ。ついさっき。何ですかね、いきなり」

「本部への点数稼ぎじゃないのか。部下は出世の道具とはよく言ったものだ」

豊川は、ほかの人間に聞こえないよう小声で言い、笑った。石井が肩をすくめている。

署長の駒田《こまだ》は、四月に赴任してきたばかりの四十代後半の男だが、現場からは早くも煙たがられていた。「努力目標」というノルマを課し、実績を上げたがった。それは県警本部を意識してのことだ。ベテラン刑事たちは将棋の駒に例えて、「香車《きようしや》の駒」という綽名《あだな》をつけ、陰で笑っていた。威勢はいいが、前にしか進まないのである。

食事を終えたところに刑事課長の古田《ふるた》がサンダルの音を立ててやってきた。

「おう、ここにいたか。トヨと石井、これからちょっと第二中学まで行ってくれるか」

「事件ですか」

「わからん。ただ、校内で中学生の死体が見つかった」

「死体？」豊川と石井は思わず腰を浮かせた。

「発見したのは残業をしていた教師。十九時三十分頃、一一九番通報があり、救急隊が駆けつけたところ、すでに死亡していたとのことだ。側溝のコンクリートに頭を打ち付けたと思われる外傷があり、校舎からの転落による事故死か、自殺か、どちらかと思われるが、電話ではちょっとわからん。いずれにせよ検死が必要なので、うちから誰か行くことになった。ご苦労だが頼む」

「事件性は低いわけですね」

「今のところはそういう報告だが、それも含めて見てきてくれ。すでに最寄り交番から若いのが現場に行っているが、死体を見ておろおろして、使い物にならんそうだ」

古田の口調はのんびりとしたものだった。

豊川は湯呑《ゆの》みの番茶を飲み干し、吸いかけのたばこをもみ消し、立ち上がった。石井はビデオの早回しのように弁当を口に押し込んだ。

お茶を飲み、胸を叩《たた》いて、強制的に胃袋に流し込んでいる。

早足で署の建物を出ると、そこには湿気を多量に含んだ生温かい空気が待っていた。今年の夏も暑そうだ。

捜査車輌に乗り込み、出発した。第二中学までは十分とかからない。

豊川は助手席で、擦れ違う車や自転車、通行人に不審な動きをするものはないか目を配った。刑事の習性のようなものだ。万が一事件だったときは、現場から立ち去る犯人がいるかもしれない。

中学校に到着すると、若い制服警官が校門で待ち構えていて、挨拶もそこそこに現場へと走って車を誘導した。ヘッドライトを浴びた横顔は青白く、全身でおどおどしていた。

中庭を突っ切り、グラウンドに車を乗り入れる。外灯がないので、全体が闇に包まれていた。サッカーゴールや鉄棒がヘッドライトにぼわっと浮かび上がる。行く手には二階建ての古びた建物があり、その前には軽のパトカーが停《と》まっていた。救急車は校舎に横付けされている。交番の制服警官二名と、救急隊員二名、そして教師と思われる男女十人近くが豊川たちの到着を出迎えた。

ドアを開けて外に出ると、ゴルフシャツを着た年配の男が近寄ってきて、「校長の宍戸《しし ど》です。ご苦労様です」と硬い表情で頭を下げた。

「桑畑署刑事課の豊川と石井です。生徒さんの死体が発見されたそうで。第一発見者は？　それから場所はどこですか？」豊川が聞いた。

「飯島先生。刑事さんを案内して」校長が若い教師に指示を出す。

出てきた第一発見者の教師の顔を見て、豊川は「あっ」と小さく声を発した。向こうもわかったらしく、一瞬間を置いてから「どうも」と遠慮がちに会釈した。高校の元同級生だった。親しくはなかったが、顔は知っていた。小さな町なので、こういう再会は日常茶飯事だ。

飯島が案内した。豊川と石井は懐中電灯を手についていく。

「この建物は？」

「運動部の部室棟です」

裏手に回り、生徒が倒れていたという場所にライトを当てると、コンクリートの側溝に血の痕《あと》らしい黒い液体がべっとりとついていた。部室棟の廊下の蛍光灯の明かりがそこまで延びていて、よりいっそう黒く見えた。

「この側溝に倒れていたんですか」

「そうです。体半分が中に落ちている状態でした」

豊川がその場で見上げる。二階建ての部室棟の壁と屋根がそびえていた。高さは五、六メートルか。そして真上には銀杏の大木から伸びた太い枝があった。屋根から落ちたのか、銀杏の木から落ちたのか、それとも別の何かが起きたのか。

「死体は？」

「救急車の中です。その前に我々が保健室に運んでいます」

「それはなぜ？」

「学年主任の指示です。まだ生きているかもしれないという望みを持っていたので」

豊川はその説明に納得した。教師なら、大事な生徒を側溝に落ちたままにはしておけないだろう。

飯島の話によると、発見後、職員室に駆け込み、その場にいた教師全員で現場に走って意識のない生徒を確認し、校長をはじめ全職員に連絡をとって招集をかけるとともに、救急車を呼んだとのことであった。生徒の名前、学年、その他の情報を聞き出し、手帳に書き込む。

「生徒の家族には連絡をしましたか？」

「ええと、校長か教頭がしたと思うんですが……」

「校長先生。生徒の家族には連絡済みですか」石井がうしろにいた校長に聞いた。

「いいや、まだです」硬い表情でかぶりを振った。「この場に駆けつけられてもなんなので、病院からかけようと思ってます」

「わかりました。それで結構です」豊川が答えた。

豊川と石井は死体を見ることにした。救急車に乗り込み、頭から被せられた白いシーツをめくり、死体と対面した。目に飛び込んだのは、右側頭部の損傷だ。ぱっくりと割れて、骨と肉が露出している。一目見て即死の衝撃と思われた。ほかに外傷はない。となると転落死か。

手首を取って指を見た。木のくずでも付着していないかと凝視したが、救急車の照明では確認できなかった。

顔に目を移すとごく平凡な人相だった。髪を染めたり、眉を細く抜いたりはしていない。白いワイシャツ、黒いズボン。服装も普通だ。身長は見たところ百五十センチ前後。中二にしてはかなり小柄と思われる。全体的に幼い印象だ。

「刑事さん。もう病院に運んでもらってもいいですか」

校長がおずおずと聞いた。

「わかりました。どこの病院ですか」

「愛徳《あいとく》病院に頼みました。院長がわたしの知り合いなので」

「結構です。司法解剖の可能性もあるので、その旨伝えておいてください。警察からも誰か向かわせます」

豊川は救急車から降り、出発させた。校長と学年主任が同乗し、校庭には教頭とほかの教師たちが残った。

「もう一度、現場を見ます。梯子《はしご》はありますか。部室棟の屋根に上がれるくらいのやつ」

豊川が聞くと、飯島が若い教員数人と体育倉庫へと走り、アルミ製の長い梯子を持ってきた。

「先輩。ぼくが上がりましょう」

体重八十キロの石井が申し出た。

「おまえは下で押さえてろ」

豊川がそう言い、懐中電灯を尻ポケットに差し込み、立てかけた梯子を上った。ギシギシとアルミがきしむ。風がないので玉の汗が噴き出た。

梯子の一番上まで上り、懐中電灯を照らして屋根を点検した。青いトタン屋根だ。すぐに足跡を発見した。新しいもので、それも複数ある。すべて運動靴の跡だ。一瞬にして気がはやった。ただの事故ではないかもしれない。

梯子の上から振り返り、銀杏の木の枝を見た。屋根から飛び移るには勇気がいるが、男子中学生には恰好《かっこう》の度胸試しになりそうだった。頭の中でいろいろな想像が巡る。

「おい、明日の天気はどうなってる」下の石井に向かって声を発した。

「さあ、天気予報は見てません」

「昼頃から崩れるみたいです」見守っていた女教師が言った。

「よし、石井。古田課長に連絡して鑑識の出動を要請しろ。屋根に複数の足跡があるんだ。雨が降ったらおじゃんだから、その前に採取しよう。もうひとつ、病院にも人を派遣して、死んだ生徒の手及び衣類に樹皮が付着していないか、調べてもらうように。それから交番の人、規制線を張ってくれ。今から部室棟及び、その周辺を立ち入り禁止にする」

石井と制服警官が弾《はじ》かれたように動き出した。

「教頭先生。明日の授業は行うんですか」

「いいえ。一時限目に全校集会。今回の件を説明をして、その後生徒は家に帰す予定です」いかにも生真面目《きまじめ》そうな教頭が答えた。「あのう、刑事さん。もしかして事件なんでしょうか」

「わかりません。ただ、生徒さんの話を聞くことになると思います。目撃者がいるかもしれないので。うちのしかるべき人間から要請があると思いますが、ご協力を願います」

豊川は梯子を降り、ハンカチで顔の汗を拭《ぬぐ》った。腋《わき》の下もびっしょりと濡《ぬ》れている。腕時計を見る。「二十時二十五分」口の中でつぶやいた。

校庭の周囲は水田で、数千の蛙《かえる》たちが火のついたように啼《な》いていた。

中央新聞の記者、高村真央《たかむらまお》の携帯電話が鳴ったのは夜の九時になろうとしているときだった。非番だったのでアパートで久し振りに自炊し、キッシュを焼いて食べた。ワインの小瓶を開け、一人で飲んだ。あとは風呂にゆっくりと浸《つ》かり、好きな海外ミステリーでも読んで一日を終えようと思っていた。

待ち受け画面を見て、高村はすぐに顔をしかめた。支社の上司からの電話だ。いい話のわけがない。

「はい、高村です」

「斎藤《さいとう》だ。休みのところ申し訳ないが、隣の桑畑市へ急行してくれるか。市立第二中学で生徒が死体で発見された。事件か事故か、まだ発表はない。いずれにせよ、学校内で生徒の死体となればベタ記事では済まん」

「わかりました。すぐに向かいます」

「生憎《あいにく》、支社はみんな出払っててな。すまん。ちゃんと代休を取れるようにするから」

斎藤は温厚な上司だった。東京生まれだが、自ら希望してこの県の支社に永年赴任した。喘息《ぜんそく》の子供がいて、一家で赴任した途端に治ったので、このまま田舎で暮らしたいと会社に申し出、認められたのだ。

高村も東京生まれで、昨年の春、大学を卒業して中央新聞に入社した。文化部志望だが、新聞社は最初の数年は地方勤務が慣例で、この県への赴任が命ぜられた。とくに不満はない。東京から電車で二時間ほどなので、里帰りもらくでいい。

「今わかっている情報だけファクスで送る。恐らく桑畑署で今夜中に会見があるはずだから、そっちも頼む。まずは雁首《がんくび》、押さえてくれ」

「了解しました」

雁首とは被害者や被疑者の顔写真のことだ。当事者の家まで行って写真を借りたり複写したりする作業は、新聞記者の気の重い仕事のひとつだ。

高村は電話を切り、すぐさま社で契約している地元のタクシーを呼んだ。そして台所で顔を洗った。少しでも酔いを醒《さ》ましたかった。部屋着からパンツスーツに着替える。新聞記者になってから、仕事でスカートを穿《は》いたことは一度もない。

ほどなくしてタクシーがアパート前に着いた。ショルダーバッグにパソコンとカメラと録音機を突っ込み、部屋を出た。ねっとりとした空気が肌に絡み、今夜は風呂に入れそうにないことを思い、舌打ちした。

タクシーに乗り込み、行き先を告げ、コンパクトを開いて化粧をした。新聞記者でも、女は女だ。

桑畑市は人口八万人の緑豊かな地方都市である。二本の大きな河川にはさまれた肥沃な土壌を持ち、明治以前は豪農がいくつも存在する農業地だった。今でも地元の名を冠したねぎは全国に知られるブランド野菜で、ねぎ御殿ともいえる荘厳な和風家屋が、樹木に囲まれて点在している。農協の施設も一流企業並みだ。そして、昔から地縁血縁の縛りが強い土地柄で、寺が大きな力を持っていた。檀家《だんか》の上位ともなると、ちょっとした町の名士で、選挙ではキャスティングボートを握ることとなる。農協と寺、そして保守政治。どこにでもある地方の典型だ。公務員採用など、公正に行われたためしがない。選挙違反も恒例行事だ。

もっとも平成に入ってからは、この地域もずいぶん様変わりした。国道沿いに大型ショッピングセンターが誕生し、市の誘致活動もあって大手工作機メーカーの工場が誕生した。多額の交付金と引き換えに、ゴミ処理工場も出現した。自営業が大半だった市民は、給料で生活するようになり、外国人労働者の姿も珍しくなくなった。自然と土地柄にも変化が生まれ、全体主義的な空気が薄まりつつあった。秋祭りに集める寄付金は、もう五年連続で最低額を更新していた。他人に干渉したくない世代が増え、新築アパートが目立つようになった。深夜にコンビニの前で中学生がたばこをふかしていても、誰も注意しない。この変化も、また地方の典型である。

高村が現場に到着したのは午後九時半だった。校庭の一角には規制線の黄色いテープが張られ、先に到着していた地元テレビ局が中継のためのライトを煌々《こうこう》と照らしていた。校庭内ということで近所の野次馬はいない。教師と思われる数人の男女が、一カ所に固まって話し込んでいるだけだ。中では鑑識の警察官たちが現場検証をしている。部室と思われる二階建ての屋根にも人が上っていて、懐中電灯を片手に何かを探している様子だった。

記者クラブからの連絡によると、この中学校に通う二年生の生徒が、二階の屋根から転落して、側溝のコンクリートで頭部を打って死亡したとのことだ。それ以上の警察からの発表はまだない。

高村は新聞社の腕章を左腕につけ、バッグから筆記具を取り出した。まずは教師たちの輪に向かって進む。

「中央新聞の記者で高村といいます。生徒さんの遺体が発見されたということですが、自殺でしょうか、事故でしょうか」高村がノートを片手に聞いた。

「知りません」一人の女教師が険のある口調で返した。

「校長先生は？」

「病院です。生徒の付添です」

「怪我《けが》人もいるんですか？」

「亡くなった生徒を病院に運んだんです」

苛立《いらだ》った様子で取り付く島もない。別の年配教師が横から言った。

「取材でしたら明日にしてくれませんか。学校でも会見を開くと思うから。教頭たちは今職員室で連絡に追われてるし、わたしらも、呼び出されたのはいいけど情報がないんだよね」

「じゃあ、第一発見者だけでも……」

「飯島という教諭だけど、中で警察の事情聴取を受けてる最中」

指で規制線の方角を差した。

「わかりました。ありがとうございます」

高村が先に進むと、顔見知りの地元記者と目が合った。一国《いっこく》新聞の長谷部《はせべ》という三十代半ばの男だ。

「よお、中央さん。あんたが担当するの？」

「はい、そうです」

「桑畑署の新任署長、イケイケだからきっと大張り切りだな。記者に囲まれるのが大好きな男らしいから」

無精ひげを撫《な》でて笑っている。

「事件なんですか」

「さあね。でも、中学生が学校で死んだとなりゃあ世間の注目も浴びるし、警察も力が入るんじゃないの。校内っていうところがミソだ。管理責任はあるし、保護者の感情もある」

長谷部は社会部の記者だが、ぎらついたところはなく、どこか素浪人を思わせるひょうひょうとした人物だった。高村が同じ大学の同じ学部出身とわかり、声をかけてくれるようになった。東京の大手ゼネコンから故郷へUターン転職した変わり種だ。

「雁首は職員室にあるアルバムから撮れるよ」

「ありがとうございます」

「それから、死んだ名倉祐一君の家は地元では有名な呉服屋だ」

「すいません。いろいろ教えていただいて」

「実はここ、おれの母校でね。この町のことなら詳しいんだ」

「そうなんですか？」

「ああ。あの部室棟も、銀杏の木も、昔のまんまだ」

長谷部が視線を向けた先には、夜空をバックに大きな銀杏の木がそびえていた。鑑識の警官はその下でも何かを探していた。せわしなく動き回る懐中電灯の光が、まるで蛍のように残像を残し、闇夜にいくつもの線を描いている。

市川恵子《いちかわけいこ》は、夜食を作りながら夫の帰りを待っていた。地元の工作機メーカーに勤務する茂之《しげゆき》には準夜勤の日があり、そのシフトのときは帰宅が午後十一時を過ぎた。工場で弁当は支給されるが、揚げ物が多く、睡眠の前に相応《ふさわ》しい食事とはいえない。四十二歳の茂之は、最近めっきり腹回りに贅肉《ぜいにく》がついてきて、健康診断でも黄色信号が出ていた。今、恵子がもっとも恐れるのは家族の病気だ。一昨年念願のマイホームを手にし、ローンは三十年以上残っていた。夫にはなんとしても健康でいてほしい。そのためにも、夫の夜食を作ることは苦でもなんでもなかった。

これから会社を出るという携帯メールが届いたので、蒸籠《せいろう》で野菜と豚肉を蒸し始めた。ポン酢で食べれば余分な油をとらなくて済む。アサリの味噌汁《みそしる》を温め、もう一品、ポテトサラダを用意した。台所にいい匂いが立ち込める。

二人の子供たち、中二の健太《けんた》と小六の友紀《ゆき》は二階でとっくに眠りについていた。育ち盛りの子供がいるというのは、恵子の毎日に張り合いを持たせた。一度に米を五合炊いても、残らないのだ。昼間の数時間、スーパーでレジを打つパートの仕事をしているが、子供たちのためだと思うといくらでも頑張れた。

子供たちはもうすぐ夏休みだ。休みに入ったら、自家用車で能登半島まで家族旅行に行く計画がある。温泉に浸かって、新鮮な海の幸に舌鼓を打って……。想像するだけで楽しくなる。恵子は、平凡ではあるけれど、しあわせの中にいた。

午後十一時十五分に、茂之が帰ってきた。いつも工場でシャワーを浴びてくるので、この夜もすぐに食卓についた。缶ビールを開け、ポテトサラダをつまみにしておいしそうに飲む。

「ねえ、健太の塾のことなんだけど、桜町に大手の学習塾があって、そこが評判いいみたい」

正面に腰掛けて恵子が言った。

「もう行くの。三年になってからじゃなかったのかよ」

茂之がテレビを見ながら答える。

「そのつもりだったけど、健太が夏休みから行きたいって言うのよ」

「どういう風の吹き回しだ」

「そりゃあ周りの友だちが行くからでしょう。中学生だもん。一人だけ仲間外れはいやよ」

「そういう理由かあ。我が倅《せがれ》は流されるタイプなんだな」

「いいじゃない。勉強してくれるんだから」

そんな会話を交わしているとき、テレビのニュースで、若い女のキャスターが、《たった今入ったニュースです》と言い、原稿を読み上げた。

《今日の午後七時半頃、××県桑畑市の中学校で……》

この町のことだ。恵子は自分の名前を呼ばれたようにテレビに向いた。全国ニュースでいったい何だろう。
《この学校に通う中学二年生の生徒が、校庭の隅の側溝で頭から血を流して倒れているのを教師が発見し、一一九番通報しました。駆けつけた救急隊員により、その場で死亡が確認されました》
えっ。生徒が死んだ？
《亡くなった生徒は、同市で呉服店を経営する名倉庄司《しょうじ》さんの長男、祐一さん十三歳で——》
「えーっ」恵子は思わず声を上げていた。名倉祐一という少年は、息子の健太の友だちだ。
《現場の模様から、部室棟の二階屋根か、銀杏の木から転落したも

のと思われますが、詳細は不明で、事件事故いずれかもわかっていません》

一瞬にして血の気が引いた。名倉祐一は、家に何度も遊びに来たことがある。健太と同じテニス部で、毎日を一緒に過ごしている。確か先月も来た。いつもの顔ぶれでゲームをしていた。

現場の映像が出た。夜の校庭が照明に照らされ、警察官と思われる男たちが現場検証をしていた。部室棟、銀杏の巨木……。これまで意識したことはなかったが、そういえば校庭に大きな木があった。

恵子はあまりのショックに頭が混乱した。「お邪魔しまーす」家に上がるとき、名倉祐一はいつもちゃんと挨拶をした。まだ変声期前の甲高《かんだか》い声は、耳にこびりついている。

ニュースはすぐにほかのものに切り替わった。速報なので、これ以上の情報がないのだろう。

「健太の友だちか」茂之が箸を止めて聞いた。

「そう。うちに何度も来てるじゃない。あなたも見てるわよ。ほら、旭《あさひ》町の大きな呉服屋さんの子で、ちょっと小柄でおとなしい感じの……」

恵子は訴えながら胸が苦しくなった。中学生が死ぬとはなんという悲劇だ。健太は友だちの死を知ってどれほどの衝撃を受けるのか。しばらくは塞《ふさ》ぎ込んでしまうのではないか。

続いて少年の母親の顔が浮かんだ。名前は寛子《ひろこ》だ。小学校の頃から、何度もＰＴＡで顔を合わせてきた。いつもきれいにしていて、商売をしている人らしい物腰の柔らかさと、隙のなさを併せ持っていた。控え目に見えて、実は押しが強かった。健太を含む多くの同級生が、中学に上がるとき名倉呉服店で制服を買い揃《そろ》えたのは、寛子夫人の営業の賜物《たまもの》だ。

あの母親は今頃どうしているのだろう。自分なら絶対に卒倒している。我が子に死なれたら――。それもある日突然――。想像するだけで恐怖のどん底に突き落とされる。

「ねえ。健太、起こそうか」恵子が言った。

「やめとけよ。起こしたって、どうすることもできないだろう。それに眠れなくなるぞ。明日の朝、教えればいいって」

「でも……毎日一緒に遊んでる子だし」

「それでも今起こすことはない」茂之は再び食事を始めた。「明日、学校は大変だな。授業はできないだろう」

「うん。きっと臨時集会を開いて、あとは休校になると思う」

「保護者に説明はないのか」

「何かわかればあるんじゃないかな」

「自殺か」茂之が、遠慮のない言葉を吐いた。

「知らないわよ、そんなこと」

「午後七時半頃とか言ってたよな。健太は何時に帰ってきた」

「四時過ぎだったと思う」

「じゃあ、健太は何も関係ないわけだな」

「あるわけないでしょう」

恵子は、そう答えながらも、胸の中で灰色の思いがふくらんでいった。息子と名倉君は毎日一緒に帰るグループの一員だ。何か知っているのだろうか。

居間の電話が鳴った。どきりとして椅子から飛び上がりそうになった。

「誰だ」と夫。恐る恐るディスプレーを見ると、健太の仲良しグループの家からだった。母親同士、仲もいい。受話器を取る。

「夜分恐れ入ります。美山《みやま》町の坂井《さかい》です」くぐもった声が聞こえた。

「市川さん、ニュース見ましたか」

「見ました。名倉君が……」

「わたしもびっくりして、ショックで、ちょっと気が動転して……。

健太君はもう知ってるんですか？」

「いいえ。とっくに寝ているので、起こすのはやめようと、今主人と話し合ったところです。瑛介《えいすけ》君は？」

「うちの瑛介も寝てます。起こして聞くのもなんだし……。名倉君、事故なんですかねえ、自殺なんですかねえ。市川さん、何か心当たりはあります？」

「いいえ。何もありません。なんかわたしも不安で、今夜は眠れそうにないっていうか……」

母親同士でしばし不安を語り合った。坂井の家は母子家庭で、ニュースを見て事件を知り、一人でいることに心細かった様子だった。五分も話をすると、少しは落ち着いたらしく、声も穏やかになった。そして「ごめんなさい」を何度も繰り返して電話を切った。

ニュースを知ったこの町の、中学生の子供を持つ母親たちは、全員眠れないだろう。身近で人が死ぬというのは、なんと動揺するものなのか。

茂之が深夜映画を観《み》るというので、恵子は一人で床に入った。電気を消し、タオルケットを頭から被って目を閉じる。眠れそうな感じはない。

健太は今日、名倉祐一とは一緒に帰らなかったのだろうか。最後に言葉を交わしたのはいつなのか。この出来事について、何か関わりはあるのか。

心配が死んだ少年から健太に移った。うちの息子とは一切関わりがありませんように。心の中で祈っている。

なにやらいやな予感がした。息子に累が及ぶ可能性があるとか、あるいは息子が何か知っているとか……。恐ろしくて、その先に想像を進めたくない。

恵子は横になりながら、言い知れぬ不安に襲われた。明日が怖かった。いやな予感は、いつだって当たる。


日付が変わろうかという頃、刑事の豊川と石井は、携帯電話で古田課長から呼び出しを受けた。至急、愛徳病院まで来いとのことだった。姿を見ないと思っていたら、死体が運び込まれた病院に出向いていたようだ。大きな署なら課長はたいていデスクにいるが、桑畑署は全員で八十人しかいない。

二人は職員室での事情聴取を終え、署に戻って調書をまとめている最中だった。現場検証は鑑識がすでに終えていて、今日できる作業はもうないはずだ。

訝《いぶか》りながらも命令に従い、再び車に乗り込んだ。この時間になると交通量はほとんどない。静まり返った田舎町に、ときおり、どこかで暴走族が爆音を響かせている。

「先輩は転落事故だと思いますか」

ハンドルを握る石井が言った。

「わからん。屋根の上の足跡の素性次第だな。採取された五人分の新しい足跡が、いったいどの生徒のものか」

教師たちへの聞き込みでは、部室棟の屋根は、男子生徒たちが度胸試しのように上るのが常態化していて、足跡があったからといって珍しいものではないとのことだった。

「死亡した生徒を屋根から突き落として、死んじゃったから怖くなって逃げたとか」

石井が推理を述べた。

「おまえは殺人事件がいいのか」

「いや、逆ですよ。子供の取り調べなんて、やる自信ないですよ」

少年の担任と、少年が所属するテニス部顧問から、いつも一緒にいるグループの生徒名は聞き出していた。全員、素行はいたって普通で、問題を起こすような生徒ではないとのことだ。しかし子供には、大人の知らない顔がある。

明日は生徒から事情を聴く手筈《てはず》になっていた。学校側から特定の生徒だけを呼ぶのはやめて欲しいという要請があり、全校集会のあとで、同じクラスの生徒全員と、テニス部員全員から平等に話を聞くことになった。パニックの中でも教師たちはしっかりしているようだ。

「遺書でも見つかってくれると簡単なんだけどなあ」

石井があくびをしながら言った。

「不謹慎だぞ。それに二階の屋根から飛び降り自殺するやつがいるか」

「それもそうですけど」

四つ辻《つじ》を曲がったところのコンビニの前で、不良中学生がたばこを吸って溜まっていた。時計は深夜零時を回っている。急いでなければ車から降りて一喝してやるところだ。いったい親はどうしているのか。豊川は最近の親たちが信じられなかった。万引きした中学生を補導した少年係の刑事に対して、親が「うちの子の将来に傷をつけた」と抗議に来るのだ。三十歳の豊川ですら嘆きたくなる、地方のモラルの荒廃だった。

病院に到着し、地下の霊安室に通された。廊下のベンチでは校長の宍戸らが、憔悴《しょうすい》した表情で座り込んでいた。豊川と石井を見て「ご苦労様です」と頭を下げる。

「まだ帰らないんですか」豊川が聞いた。

「母親が息子さんの遺体と対面して気を失って、上の病室で寝てるんです。父親はそこに付き添ってます。わたしらだけ帰るわけには……」

「そうですか。それはご苦労様です」

「おう、トヨと石井。来たか。中に入れ」

霊安室のドアが開き、中から古田が顔を出した。むずかしい表情で首を掻《か》いている。中に入ると、死体を載せた台と並んで初めて見る男が二人いて、古田から医師と本部から来た検視官との紹介を受けた。

「何か死因に不審点でも？」

「いいや、死因は頭部損傷による失血死。ほぼ即死と見られる。損傷箇所も側溝の形状と一致していてとくに問題はない。死亡推定時刻は午後四時前後。転落死と断定していい。ただし……」

「ただし？」

「頭の傷に気を奪われて、すっかりほかを見逃しちまった。おまけに遺族が次々と来て、代わる代わる慟哭《どうこく》するもんだから、こっちにも遠慮があった」

古田はそう言うと、死体に被せてあった布を剝いだ。少年の裸体がそこに横たわっている。見たところとくに異状はない。

「あとになってワイシャツを脱がせたらな、こんなもんが見つかった」

古田が目配せし、医師と検視官が死体をうつ伏せにひっくり返した。

「うわっ」

その背中を見て、豊川は思わず声を発した。そこには無数のどす黒い内出血痕が、ドット柄のように並んでいた。

「何ですか、これ」

「つねられた痕だと思います」医師が静かに答えた。「二十一カ所あります」

「いったい誰が……」

「わからん。しかし死因と関係はなくても、転落死につながる何かと見るべきかもしれん。生徒間のいじめか、親の虐待か……」古田が大きくしわぶいた。「それから、おまえが言った樹皮の件だが、てのひらとズボンから、それらしきものが採取された。まだ鑑定中ではっきりは言えんが、木の枝にぶら下がるか、しがみついたかして、そこから落ちた可能性は高い」

「そうですか」

豊川は、重要証拠を見逃さなかったことに少し安堵《あんど》した。ただし、この事実が何を意味するかはわからない。危険なのは、自分たちが予断を抱くことだ。

「明日の朝一番で署長に報告するが、この件はしばらくマスコミに伏せようと思う。この内出血痕は衝撃が大きいから、マスコミが知ったら大騒ぎする。親の虐待でないとしたら、遺族も知らないことだ。校長先生と学年主任は見てしまったが、我々に協力してくれるそうだ。本部からも応援が来るだろう。しばらく忙しくなるが、真相究明に向けて頑張ってくれ」

「はい」

豊川は背筋を伸ばして返事をした。

今一度、少年の顔を見た。十三歳で人生を強制的に終了させられるとは、なんと不憫《ふびん》なことか。

霊安室の冷房がきついせいで、背中の汗が一気に引く。隣で石井が大きなくしゃみをした。

2

教師の飯島浩志は一睡もできずに朝を迎えた。昨夜は警察の事情聴取と、保護者への臨時集会開催の連絡に追われ、自宅に戻ったのが午前一時だった。シャワーで汗を流し、缶ビールを一本飲んで気持ちを鎮めてから布団に入ったのだが、目を閉じると瞼《まぶた》に浮かぶのは名倉祐一の割れた頭で、側溝に溜《た》まった血の色の記憶が激しく感情を揺らし、眠りの糸口すらつかむことができなかった。

妻も隣で何度も寝返りを打っていたので、あまり眠れていなかったようだ。妻は飯島と同じく教師で、同じ市の別の中学校に勤務している。ゆうべ、飯島は携帯電話で事情を話しており、校内で起きた事件をとても他人事《ひとごと》とは思えず、かなり動揺した様子だった。彼女は現在妊娠五カ月の身重だ。年内には第一子が誕生する。

飯島は布団から出るなり、居間で朝刊を開いた。地元紙だけあって、昨夜の件の扱いは一面だった。黒ベタ白抜き文字の見出しが目に飛び込む。
《中2、校内で転落死　桑畑市立中　部室棟から？　イチョウの木から？》
あらためて衝撃を受けた。自分が勤める学校で生徒が死んだ――。恐る恐る記事を読むと、昨夜時点で自分が知っている以上の情報はなかった。それどころか、屋根のトタンに着いていた複数の足跡については まるで書かれていない。警察が発表を控えたのだろうか。初めてのことなので、判断の仕方もわからないのだが。
続いてテレビのニュース番組をリモコン片手に見比べた。昨夜は間に合わなかった現場リポートを、各局揃《そろ》って行っていた。いずれも「警察は事件、事故の両面から慎重に捜査を進めていく方針です」というもので、中学生が死体で見つかったというだけの内容だった。

恐らく今朝は、生徒全員が名倉祐一の死を知り、驚いているだろう。

目立たない生徒ではあったが、名倉呉服店の名はみんな知っている。

市内にいくつもの土地を所有する昔からの資産家だ。

「うちの学校にも名倉って生徒がいるけど、親戚なのかなあ」

妻が沈んだ表情で言った。テーブルには朝食が用意されている。

「そうなんじゃないの。小さな町で珍しい名字だし」

飯島は食卓に移動し、焼き魚と味噌汁《みそしる》の朝食をとった。

「生徒、動揺するよ。スクールカウンセラーとかは依頼するわけ？」

「わからない。校長と教育委員会が決めることだろうから」

「警察がやる生徒からの事情聴取に、教師は立ち会うの？」

「さあどうだろう。指示は出てないけど」

「今日の段階で保護者にはどういう説明をするの？」

「知らないって。そういうのは校長の仕事だし」

妻が質問ばかりするので、飯島は考え事もできなかった。

飯島が担任する二年A組にはテニス部員が二人いた。市川健太と坂井瑛介だ。その二人は名倉と同じグループだった。確か五人ぐらいの集団で、いつもつるんでいたはずだ。ゆうべからずっとそのことが気になっていた。二人は名倉とどんな関係にあったのか。屋根に残された足跡が、彼らのものでなければいいのだが……。

飯島は御飯を口に運ぶものの、食が進まなかった。何をするにも気が重い。二中の教師は全員同じだろう。当分、この憂鬱《ゆううつ》な気持ちは晴れない。

「ああ、そうだ。ゆうべ学校に駆けつけた刑事、北高の同級生だった」

飯島が思い出して言った。

「へー。同じクラス？」

「ううん。一緒のクラスになったことはないけど、顔は憶《おぼ》えてた。野球部の四番バッターで目立ってたから」

「挨拶した？」

「会釈だけはね。向こうもおれのことはわかったみたい」

「ちゃんと挨拶しておいたら。警察って、少年係じゃないと中学生相手でも容赦しないところがあるから」

「そうだね。今度会ったらそうする」

テレビ画面の時間表示を見る。七時十分だった。飯島は、いつもより早く登校するつもりでいた。クラスの生徒にゆうべの出来事をどう伝え、いかにして動揺を鎮めるか。教師になって初めての難問だ。

「ネクタイしていく？」と妻。

「ああ……そうだな。黒っぽいやつ、出しておいて」飯島が答える。

長い一日になりそうだった。天気予報では午後から雨だと伝えている。

学校に到着すると、現場となった部室棟にはまだ規制線が張られていて、警察車輛が数台、前に停《と》まっていた。現場検証をし直すのだろうか、「鑑識」の腕章をした警官の姿もある。校舎内では、校長室のドアが開けっ放しになっていて、中で校長が教頭と学年主任と三人で打ち合わせをしていた。いずれも表情はすぐれず、とくに校長の顔は大根のように青白かった。

職員室は、すでにほとんどの教員が登校していたが、普段のざわついた感じはなく、聞こえるのは最低限の会話だけだ。

「飯島先生。昨夜はご苦労様でした」

隣の席の後藤《ごとう》が小声で言った。二十七歳の後藤はテニス部の顧問をしていた。だからショックはとくに大きい。

「部室の鍵が開いていたというのは本当ですか」

「ああ。開いてた。で、中には名倉祐一君の鞄《かばん》があった」

「そうですか……」後藤が吐息を漏らした。

「鍵を開けた生徒は誰だったの？」

「わかりません。ぼくの管理責任、問われますかね」

「それはないだろう。だってほとんどの部が生徒任せじゃないか。開けっ放しだって珍しくないし」

二中の部活動は、半分以上の部が生徒の自主運営に任せている。顧問とは名前だけで、普段の練習に顔を出す教師は半分以下だ。部室の鍵にしても、職員室に隣接する予備室の壁にかけてあり、生徒は自由に持ち出せるようになっている。

「うちのクラスだとテニス部員は市川と坂井がいるんだけど、名倉君とはどんな間柄だった？」

今度は飯島が聞いた。

「すいません。知らないんです」

「そうだな。しょうがないさ」

飯島はあっさりと質問を引っ込めた。自分も卓球部の顧問をしているが、割り当てられただけで卓球の経験がないため、練習にはほとんど出なかった。従って生徒たちの人間関係についても知らない。

名倉祐一の担任である清水華子《しみずはなこ》は、窓際の作業机に一人で着き、なにやらメモ書きに没頭していた。恐らくクラスの生徒にどう説明するか考えているのだろう。自分がその立場だったらと思うと同情を禁じえなかった。四十代の清水には確か中学生の息子がいたはずだ。彼女の表情は暗く澱《よど》んでいて、肌にも疲労感が滲《にじ》み出ていた。

教頭が校長室から出てきて、若手教師の名を数名呼んだ。飯島と後藤の名前も入っている。

「……以上の先生方、校門前で生徒を出迎えてください。笑顔で、というわけにはいきませんが、挨拶だけは元気よく交わしましょう。生徒は動揺していると思います。ですから我々が、いつも生徒たちのそばにいるということを示す必要があります」

教頭がハンカチで額の汗を拭いながら、頬をひきつらせて言った。元来が気の小さい人物だ。若い教師のラフな服装を叱れない。父母にも簡単にやり込められる。飯島はこの先を案じた。

指名を受けた教師数人が席を立った。ぞろぞろと職員室を出る。試験前で運動部の朝練習がないため、登校している生徒はほとんどおらず、校舎全体がしんと静まり返っていた。

「部室棟のトタン屋根の足跡って、誰のものなんでしょうね」

後藤が並んで歩きながら言った。誰かと話していないと不安でしょうがないといった様子だ。

「わからんよ。おれに聞いても」

「うちの部員のものかなあ」

「今から慌てるな。まだ事件と決まったわけじゃないだろう」

「警察の取り調べって、どんな感じかなあ。テニス部の生徒全員からヒヤリングするって、それはないと思うんですよ。だいいち、昨日は部活が休みだったわけですから」

「落ち着けよ。なんなら後藤先生が顧問として同席を要求すればいいじゃないか」

「そうですよね。よし、校長先生に掛け合ってみよう」

普段はのんびり屋の後藤が、あられもなく動揺していた。学校を襲った初めての危機のせいで、教師たちがいろんな一面を見せる。

校門に立ち、登校する生徒たちと挨拶を交わした。

「おはよう」「おはようございまーす」

中学生の甲高い声が響く。天気予報のとおり、朝から空気が重く湿っていた。西の空はすでに暗雲に覆われている。

生徒たちは、すでに名倉祐一が校内で死んだことを知っている様子で、みな神妙な顔をしていた。普段賑《にぎ》やかな女子生徒たちも、飯島たちの前に差し掛かると途端に声のトーンを下げた。もっとも交友関係がなければ他人事なのか、ふざけあって登校してくる生徒たちも中にはいた。今日は全校集会だけで授業はなしと知らされれば、何割かは無邪気によろこぶのだろう。

しばらくして、市川健太と坂井瑛介が連れ立ってやってきた。何やらひそひそと話し込んでいる。どこかで待ち合わせて一緒に来たのか、それとも偶然一緒になったのか。飯島は吸い込まれるように見た。

一目で表情が硬いことがわかった。二人は、まるで不良グループに体育館裏に呼び出された下級生のような落ち着きのない目をしている。

「おはよう」飯島から声をかけた。

「おはようございます」市川も坂井も目を合わせなかった。声も沈んでいる。

飯島は二人を呼び止めて聞き出したい衝動に駆られた。昨日の放課後、おまえたちは何をしていたのか。名倉祐一とは一緒だったのか。部室棟の屋根には上ったのか――。後藤も同様らしく、言葉が喉元まで出かかっている顔をしていた。

ただの転落事故でありますように――。衝撃的な死体発見から一夜明けただけなのに、飯島はそう神に祈っていた。死んだ名倉祐一には悪いが、それがいちばん丸く収まるシナリオなのだ。

坂井百合《ゆり》は朝から胸騒ぎが収まらなかった。ずっと息苦しく、断続的におくびをしては喉に空気を通す始末だ。ここ数年、ちょっとしたストレスで体に変調をきたすようになった。いつものパターンだと、このあと腹を下す。

「百合ちゃん、今日銀行が来るから、例の決算書、用意しておいてね」

「はい。わかりました」

社長に言われて、百合は棚からファイルを取り出し、机に積み上げた。この中から必要事項を拾い、パソコンに入力する。事務は一人きりなので、お茶くみからコピー取りから経理まで何でもこなさなければならない。百合が勤務するのは、桑畑市内にある小さな建設会社だ。

五年前に離婚し、息子と二人の母子家庭になったので、親戚を頼って見つけた就職先だった。社長は従姉妹《いとこ》の嫁ぎ先の義父にあたる。向こうも知らない人間を雇うよりはいいだろうと、簡単に採用された。四十歳の百合に、娘のように接してくれる。この小さな町では、何より血縁が優先される。

パソコン画面に向かっているとすぐに目が痛くなった。これは寝不足のせいだ。ゆうべはいろいろ考え事をして、ほとんど眠れなかった。息子の瑛介の同級生の死を十一時台のニュースで知り、動揺し、あれこれ悪い方向ばかりに想像がふくらんでしまったのだ。よほど寝ている息子を起こして聞こうかと思ったが、子供まで不眠に巻き込むことはないと自分に言い聞かせ、一人で朝まで耐えた。

今朝、起きてきた瑛介に、昨夜、名倉祐一が学校で死体で発見されたことを告げた。瑛介はたちどころに顔色を変え、「自殺？」と第一声を上げた。

「わからないけど、部室の屋根か、銀杏の木から落ちて溝で頭を打ったらしいって、テレビでは言ってるけど……」

百合はニュースで得た情報を教えた。瑛介は大きなショックを受けた様子で、台所に立ち尽くしていた。

「昨日は放課後、一緒じゃなかったの？」

「少し一緒に遊んだけど、帰りは別々だった。おれのほうが先に帰ったから」

その返答に百合はとりあえず安堵《あんど》した。我が息子は、名倉祐一の死に関わってはいないようだ。身勝手と言われようと、それが親の本音だ。

「名倉君、どんな様子だった？　どんな話をしたの？」

矢継ぎ早に聞くと、瑛介はうわの空で「別に」を繰り返すばかりだった。テーブルに着いても、朝食には少し箸をつけただけで、あとはテレビのニュースを食い入るように見ている。そしてそれだけでは物足りず、居間に移動し、パソコンのインターネットでもニュースをチェックした。

「ねえ、どんなことが書いてあるの」

「おかあさん、うるさい」

瑛介が声をとがらせる。だんだん落ち着きがなくなり、爪を噛《か》み始めた。小さい頃からの癖だ。不安なことがあると、いつもそうする。

子供部屋から携帯電話の着信音がかすかに聞こえた。２ＤＫの団地だから、どんな音も筒抜けだ。瑛介が飛び上がるように席を立ち、部屋へと駆けていった。きっと学校の友人からだろう。市川君か、金子《かねこ》君か、仲良しグループの誰かだ。

携帯持参での登校は禁じられているが、百合は自分の判断で息子に持たせていた。仕事を持っているので、昼間は家に誰もおらず、何かあったとき連絡が取れないと困るからだ。実際は生徒の半分以上が携帯を所有し、少なくない数の生徒たちが学校に持ち込んでいるらしい。それは学校側も本気で取り締まる気がない証拠だ。

瑛介は自分の部屋で五分ほど話し込み、いつもより早い時間に家を出た。

「今日は授業、あるの?」見送るとき聞いたら、「知るわけねえじゃん」と返された。ただ想像するに、きっと授業は中止だろう。校内で生徒が死んで、通常の日課のわけがない。

朝方は、あわただしさの中で考えられなかったが、出社し、従業員たちにお茶をいれ、自分も一息ついたところで、瑛介の言葉を思い出した。息子は名倉祐一の死を知り、まず「自殺？」と聞いた。それはいったい何を意味するのか。

普通に考えるなら、息子には、自殺だったら思い当たる節があるということだ。そして中学生の自殺といえば、まず理由として挙げられるのがいじめだ。

名倉祐一はいかにもいじめに遭いそうな男の子だった。小柄で、物静かで、金持ちの家の子で、気が弱そうに見える。対する瑛介はといえば、幼稚園の頃から大柄で、運動が得意で、危ないことが大好きで、喧嘩《けんか》もよくしてきた。うちの子が叩かれたと親に抗議されたことも一度や二度ではない。不良グループには入っていないようだが、制服は着崩しているし、言動にも乱暴なところがある。おまけに反抗期だ。母親とはろくに口を利こうとしない。

それを考え出したら、内臓がぞわぞわと蠢《うごめ》く感覚があり、百合は気が気でなくなった。もしも自殺だったとして、遺書に名指しでもされたら、うちの息子の一生はだいなしだ。いじめられっ子はそういう復《ふく》讐《しゅう》をしがちだ。

携帯のメール着信音が鳴った。見ると学校からだった。個人情報保護のため、今の学校は保護者名簿を配らない。かつての緊急連絡網が今は一斉メールなのだ。

《保護者の皆様へ。すでに新聞テレビ等でご存知かと思いますが、昨日、校内にて二年生の男子生徒が一人亡くなりました。それを受け、本日は全校集会とホームルームのみで授業は中止します。ご理解を賜りたく存じます。桑畑市立第二中学校校長、宍戸潤一《じゅんいち》》

やはり授業は中止だった。あとで瑛介にメールを打とうと思った。ちゃんと家に帰ること。外出は控えること。友だちが死んだのだから喪に服すのが礼儀というものだ。

メールを見たら自分も早引けしたくなった。この胸騒ぎを収められるのは、息子の顔だけだ。母親の本能として、今日は息子のそばにいたい。

うまく集中できないまま、しばらくデスクワークをしていたら、今度は通話の着信音が鳴った。息子の親友である健太君の母親、市川恵子からだ。

「お仕事中にすいません。今、電話いいですか」恵子が遠慮がちに言った。

「はい。構いませんが」百合は答えながら席を立った。社長の机が斜め前なので、プライベートな話ははばかられた。狭い事務所の応接コーナーへと移動する。

「そちら、瑛介君から電話ありました？」

「いいえ。ありませんが」

「そうですか。うちは今しがた健太からメールがあって、これから警察の事情聴取があるからすぐには帰れないって」

「警察？」百合は思わず甲高い声を上げていた。「どうして、そんな……」

「わかりません。名倉君と同じクラスの二年B組全員とテニス部の部員は、学校に残って警察の事情聴取を受けることになったって、うちの息子が……」

「名倉君って、もしかして自殺だったんですか？」

「さあ、わたしにもわかりません。近所の子のおかあさんの話では、全校集会でもその説明はなかったそうです。ただ、名倉君が亡くなったので生徒全員で追悼しましょうって、そういう内容だったみたいです」

「警察が出てくるってことは、何かあるってことですよね」

「わからないんです。健太にメールしても、あの子、親相手だと面倒臭いのかろくに返信してこないし」

「うちの瑛介も一緒です。今朝も、いろいろ聞いてもまともに答えてくれないし」

「すいません。こんな電話をして。家に一人でいると、不安で不安でしょうがないんです」恵子がしきりに恐縮していた。「ところで、お通夜と告別式がいつか、坂井さん聞いてます？」

「いいえ、知りません」

「行かないとまずいですよね」

「どうなんでしょう。きっと向こうも取り込んでて、名倉君のご遺族には挨拶も出来ないと思うんですが、一応参列だけはしたほうがいいかとは思うんですけど」

「行くなら一緒に行きませんか?」

「そうですね。一緒に行きましょう」

「すいません。お仕事中に長々と」

「いいえ。知らせていただいてありがとうございました」

百合が礼を言って切る。これでますます落ち着きを失った。

警察の事情聴取とはどういうものなのか。先生は立ち会ってくれるのだろうか。そして名倉祐一はいったい何が原因で死んだのか。

もう仕事が手につかない。百合は社長のところに行って、午後から早引けさせて欲しいと申し入れた。理由は正直に言った。第二中学で死んだ生徒が息子の友人で、息子が動揺しているので家にいてあげたいと。

「あれ、そうだったの。名倉呉服店の息子、瑛介君の友だちだったの」

社長は目を丸くして言った。

「名倉さんを知ってるんですか？」

「まあ、地元で昔からやってる呉服屋だからねえ。娘の振袖は名倉で買ったな。店舗の改装工事をちらつかせるから、こりゃここで買うしかねえと思って買ったが、何のことはねえ。よその工務店に持っていかれた。あの女将《おかみ》はタヌキだ」眉を寄せ、かぶりを振っている。

「早引けしていいよ。そりゃあ心配だ」

「すいません」

「自殺だったの？　名倉の息子は」

「わかりません。社長は自殺だと思ったんですか」

「ニュースを見る限りでは、殺人事件ってことはなさそうだし、そうなりゃあ自殺かなって――」

やはりそうなのだろうか。百合は胸が締め付けられた。どうか事故でありますように。いいや、自殺でも何でもいいから息子に累が及びませんように。人の息子が死んだというのに、ずいぶん勝手な願いごとをしていた。

その後、学校から職場に電話がかかってきた。担任の飯島ではなく、テニス部顧問の後藤という若い教師だった。瑛介から話は聞いたことがあるが、一度も挨拶したことはない。そもそも顔を知らない。テニス部全員、警察の事情聴取があり、ほかの生徒より下校が遅くなるという、事務的な内容だった。詳細を知りたかったが、急いでいる様子なので遠慮した。

窓の外を見ると、今にも雨が降ってきそうなほど、灰色の雲が厚く垂れ込めていた。瑛介は傘を持って出たのだろうか。いつもなら気にもしないことを、今日は気にしていた。早く瑛介の顔を見て安心したい。

天気予報どおり、正午前になって小雨がぱらついてきた。校庭の花壇に咲くひまわりの群れが、並んで下を向いている。校舎の庇《ひさし》では鳩《はと》たちが、数珠つながりで羽を休めている。中央新聞の記者・高村真央は、だだっ広い体育館の片隅に並べられたパイプ椅子に座り、学校側の記者会見が始まるのを待っていた。空調がないせいで、館内には湿気が溜まっていた。すべての出入り口は開け放たれているが、風はそよりとも吹かず、記者たちはファイルやらハンカチを団扇《うちわ》代わりにして、顔を扇《あお》いでいた。

校内には一部の生徒が残され、あとは全校集会だけで下校していた。残されたのは死んだ名倉祐一のクラスメートと、名倉が所属するテニス部員全員らしい。警察の事情聴取があると聞いて、真央は気を引き締めた。昨夜遅くに開かれた記者会見では、事件か事故かはまだ不明という発表だったが、警察は事件寄りの心証で捜査を進めている様子である。一人で部室棟の屋根に上がり、木の枝に飛び移ろうとして、落ちて死んだというのは、ありていに考えてあまりに不自然な行動だからだ。今日も朝から県警本部の鑑識が出張ってきていて、証拠品集めに余念がなかった。教師たちの表情にも、どこか緊迫感が見受けられる。

ただ、この記者会見では何も発表はないだろうと思われた。校長が出てきて弔辞を述べる、形だけのマスコミ向け儀式だ。

「中央さん、名倉の家には行ったの？」

斜めうしろに座っていた一国新聞の長谷部が声をかけてきた。

「いいえ、行ってません」高村がかぶりを振る。

「どうせ留守だけどな。店は臨時休業だ。今朝方見に行ったら、母《おも》屋《や》もしんと静まり返っていたよ。母親はショックで入院しちまったし、父親は我を失って教頭につかみかかったそうだ。まあ、一人息子を亡くしたんだから、気が動転するのも無理からぬところだが……」

「名倉祐一君は一人っ子でしたか」

「一度目が流産、二度目で祐一君が生まれ、三度目はまた流産。それで子供は一人で諦めたそうだ。おれのおふくろが言ってた」

「じゃあ、跡取り息子を亡くしたわけですね」

「ああ、そうだ。気の毒というか、何というか……」

長谷部がやるせない様子でため息をついた。

「この学校会見、どうせ何も出ないんでしょうね」

「そりゃそうだろう。警察を差し置いて、何も発表はできんさ。ただ県警本部から捜査一課長が来たようだし、不穏な空気はあるわな」

「やっぱり事件でしょうか」

「一課長が出てくるくらいだから、そのセンもあるんだろう」

そのときエントランスから男たちが数人姿を現した。校長と教頭と学年主任の三人だ。付き添いなのか、お目付け役なのか、刑事も一人いた。記者たちが着席する。カメラも含めて五十人くらいだ。テレビが思わせぶりな報道をしたせいで、東京からワイドショーが駆けつけてきた。

正面に立てられた国旗と校旗に一礼し、学校関係者がテーブルに並んで座った。真ん中が校長の宍戸だ。まずは教頭がマイクを握った。

「えー、マスコミ各社の皆さん、本日はお集まりいただきご苦労様です。えー、昨日、本校の校庭にて二年生の男子生徒一名が頭から血を流して倒れていた件についての記者会見を行いたいと思います。えー、なお、警察からの要請により、発見状況、現場の様子等についてはお話しできないこともありますのでご了承ください。また、生徒のプライバシー保護のため、個人情報に関しても公表を差し控えさせていただく部分があることを、えー、併せてご理解ください。では、校長の宍戸先生より、お話をお願いします」

いい歳《とし》をして謙譲語も使えないのは、緊張しているのと、長く教員を務めたせいだろう。続いて校長がマイクを手にし、原稿を読み上げた。いかにも疲れた表情で、声にも覇気がない。

「校長の宍戸です。このたび、本校の生徒が校内で亡くなるという、あってはならない事態を招いたことは、生徒を預かる立場として、痛恨の極みであります。とくに親御さんにおかれましては、最愛の我が子を亡くすという、耐え難い悲劇に直面しておられるわけで、この場を借りて心よりお悔やみ申し上げます。亡くなられた名倉祐一君は、明るく素直な性格で、クラスのみんなから好かれる生徒でした。また部活動はテニス部に在籍し、日々熱心に練習していたとも聞いております。さらには学業においても、入学以来上位の成績を収め、とくに日本史に強い関心を抱いていて、図書館の歴史関連書を何冊も借りて読むなど、積極的に勉学に取り組んでいたようです。将来ある生徒の死に、教職員一同、大きな衝撃を受けているところであります。なお、死因につきましては、現在警察の捜査中ということで、わたくしどもはその結果を待つしかない状態ですが、原因究明には、全面的に協力する所存であります」

校長の額から玉の汗が流れ出てきた。ハンカチでせわしなく拭う。

「何か質問がございましたら……」との問いかけに、真っ先に長谷部が挙手した。

「一国新聞の長谷部です。現在、一部生徒が警察の事情聴取を受けているようですが、それはどういう理由からですか」

「警察が話を聞いているのは、名倉君が所属する二年B組生徒全員と、テニス部の生徒全員です。昨日の放課後、名倉君がどのような行動をとっていたのか、その点についてのヒヤリングだと説明を受けています」

「部室棟の屋根に複数の運動靴の足跡が残っていたそうですが、足跡の主は特定できたんですか」

校長が返答に詰まる。

「えー、その質問には、お答えできかねます」

「校長先生は、自殺の可能性は低いとお考えですか」

「その質問にも、お答えできません」

「死んだ名倉君がいじめに遭っていたという情報があるんですが、学校側は把握してますか」

校長だけでなく、その場にいる全員が長谷部に視線を向けた。高村も驚いた。

「えー、現在のところ、そういう認識はありません」

校長が硬い表情で答えた。両脇の教師も顔を強張《こわば》らせている。

「じゃあ学校の見解として、いじめはなかったということでよろしいんでしょうか」

長谷部がたたみかける。校長たちが顔を見合わせた。しばし耳打ちし合ったのち、学年主任がマイクを取った。

「学年主任の中村です。その件については調査中ということにさせてください。まだ昨夜の出来事なので、わたしたちも混乱の最中にいます。生徒たちからの聞き取りも充分ではありません」

長谷部がポーカーフェイスでノートにペンを走らせる。別の記者が挙手した。

「NHNの佐藤です。今朝の全校集会で校長先生はどのようなことを話されましたか。また生徒の様子はどうでしたか」

「それはですね。大変悲しい出来事が校内で起きてしまいました、みなさんも動揺しているでしょうが、まずは名倉祐一君の死を悼み、取り乱すことなく、落ち着いて行動して欲しいという趣旨のことを述べました。また生徒の様子は、やはり大きな衝撃を受けているようで、涙を浮かべている女子生徒が多数いました」

「デイリーの山本です。昨夜は死体を発見してから、一旦保健室へ運んだと聞いてますが、どうしてそうしたんですか」

「ええと、わたしはその場にいなかったもので……」校長が両脇を交互に見、中村が代わりに答えた。「大事な子供を溝に落ちたままにできますか。すでに息はありませんでしたが、ベッドに寝かせてやろうとわたしが判断しました」

強い視線で若い記者を見据えた。その後もいくつか質問が飛んだが、事件か事故かも明らかにされない中では、かみ合った質疑応答にはならなかった。最後に教頭が「生徒への個別取材はやめていただきたい」と言い、長谷部が間髪入れず拒否の声を上げた。

「そりゃあ無理ですよ。おたくら報道の自由を奪うわけですか？」

「あ、いいえ、そういうわけでは……」教頭がしどろもどろになっている。

「それでは、ご配慮を願いたいということでひとつお願いします」

中村が横から言った。「なにぶん中学生ですから、言葉足らずで誤解を招くことが多々あるかと思います。大人にマイクを向けられれば緊張もするし、そこで出たコメントが正しいとは限りません」

この中でいちばんしっかりしているのは中村に見えた。田舎の中学に危機管理などという概念はないだろうから、こういうときにこそ人間が表れるようだ。

記者会見は二十分ほどで終わった。記者たちが一斉に会見場をあとにする。高村は長谷部をつかまえて聞いた。

「いじめがあったって本当なんですか？」

「うん？　さあねえ……」長谷部があさってての方角を向き、頭をかいている。

「でも、さっき――」

「あれはハッタリ」

高村は絶句した。大胆というか、アンフェアというか。

「でもな、名倉君の写真を見ただけで、ああこれはいじめられる顔だと誰もが思っただろう。だからおれが言ってやったんだよ。金持ちの家の子で、瘦せてチビで、おとなしそうで。いじめっ子が放っておくもんか」

高村はその弁明に呆《あき》れつつ、一方では同じ感想を抱いていた。写真で見る名倉祐一は、絵に描いたようなひ弱なお坊ちゃまだ。そういう子が男子たちの輪の中でどう扱われるか、自分の中学時代を思い返せばすぐに答えは出た。中学生は残酷だ。恐らく人生で一番の残酷期にあるだろう。それは自立への過程で噴き出る膿《うみ》のようなものだ。みながもう大人には泣きつかないことを知り、自分たちの生き残りゲームを始める。

「だけど、校長たちの焦った様子を見たら、当たりだと思ったね。賭けてもいいよ。死んだことと関係があるのかどうかは別として、名倉祐一はいじめに遭っていた」

「いいんですか。記者が予断を持って」

「もちろん裏は取るさ。言っただろう、ここはおれの地元だって」

体育館の外に出ると、小雨の中、何人かの男子生徒が傘でチャンバラごっこをしてふざけ合っていた。中学生はまだ子供なのだと痛感した。

そのとき、他紙の記者が近寄り、聞いてきた。

「中央新聞さん、生徒の取材、するの？」

「ええ、そのつもりですが」高村が答える。

「自粛しない？　夕方の警察の会見まで全社休戦」

早い話が談合の提案だった。高村は新聞社に入ってはじめはびっくりした。記者たちが事件現場で即席の記者クラブを作り、幹事を決め、過剰な取材合戦をしないよう取り決めをするのだ。横並びは役人だけではない。

「やっぱり、事件か事故かもはっきりしない段階で、生徒相手の見込み取材はまずいと思うんだよね」

「……わかりました」

高村は仕方なく承諾した。和を乱す者は、県警や県庁の記者クラブでそれなりの制裁を受ける。そもそも新人記者に逆らう勇気はない。

「言っておくけど、テレビの提案だから。現時点での生徒取材は自粛しようって。保護者の取材は別だから。そっちで時間使ってよ」

その記者は小走りに進み、長谷部をつかまえて同じ話をしていた。長谷部が顔をしかめる。どんな返事をしたか知らないが、言い合いにならなかったところを見ると、渋々呑《の》んだようだ。

高村はとりあえず周辺取材を試みることにした。さっき、長谷部の口から、一課長が来ているという話を聞いた。県警本部の捜査一課長が現場に出てくると、記者たちは「一課長臨場」と言い、顔色を変える。それはすなわち事件の臭いがするからであり、記者も安閑としていられない。中にはこれで当分休みが取れないと肩を落とす記者もいた。一課長の存在は大きいのだ。

校舎の軒下に女子生徒たちが溜まっていた。おしゃべりというにはあまりに賑やかなキンキン声を上げている。彼女たちに哀悼の意はなさそうだ。名倉祐一が影の薄い生徒であったことを、高村はなんとなく実感した。

豊川が石井と組んで事情聴取を担当することになったのは、テニス部の二年生部員だった。桑畑署の刑事課と生活安全課の刑事二十人が、二年B組の生徒三十四名と男女テニス部員三十五名の話を聞くという恰好《かっこう》だ。県警本部から刑事部捜査一課の刑事が応援に来るという話もあったが、署長の駒田が断ったらしい。初動捜査から本部にイニシアチブを取られたくないからだろうと、古田が言っていた。豊川たちも、そのほうがやりやすい。

名倉祐一がいつも行動を共にするグループのメンバーは、ゆうべのうちに割り出してあった。本人の所有していた携帯電話を家族から提出してもらい、通話記録を見たら一目瞭然だった。そしてメールの内容を見て、捜査員たちは息を呑んだ。この少年はいじめに遭っていた――。疑う余地はなかった。連日《よろしく》という題名のついたメールが送りつけられ、そこには《今日中に宿題よろしく》とか、《ジャンプの今週号よろしく》とかいった文面が記されていたのだ。名倉に指令を出す生徒は四人いた。クラスメートの金子修斗《しゅうと》と藤田《ふじた》一《かず》輝《き》、テニス部の二年生、坂井瑛介と市川健太だ。昨夜は名倉の母親と面会できなかったが、今日の朝、病院に行って確認できた。母親はその四人をよく知っていて、「息子がいつも一緒に遊ぶお友だちです」

と、憔悴《しょうすい》しきった顔で答えたのだ。

坂井瑛介は、豊川がこれからヒヤリングをする名簿に入っていた。四人をばらばらにして、午前十一時半になったら、四カ所で一斉に事情聴取するというのが、上層部の方針だった。古田からは「口裏合わせと思われる証言があっても聞くだけにしろ」と指示されていた。子供たちの口裏合わせなど簡単に見破ることが出来る。むしろそれをさせることで矛盾点を露呈させ、被疑者を追い込むほうが捜査手法としては簡単なのである。それより問題は親だ。息子の携帯電話の任意提出に応じるかどうかだ。

教室を借りて、そこに生徒を個別に呼ぶことになった。校長から教師の立会いを求められたが、古田が頑として拒否した。教師の前では言いにくいこともあるという理由だ。

始める前に第一発見者の飯島が挨拶に来た。生徒を一人一人呼ぶ係として、廊下で待機するとのことだ。昨夜も顔を合わせていたが、事情聴取は先輩刑事が行ったので、話をするのは初めてだった。

「豊川君、だよね。ぼく、北高で一緒だった飯島浩志だけど」

口元に形だけの笑みを浮かべ会釈してきた。同じクラスになったことはないが、バンドをやっていて、文化祭ではいつも目立っていた男だ。

「やあ、久し振り。飯島君が学校の先生になっていたことは聞いていたけど、ここの教員だとは知らなかったよ」

「ぼくも豊川君が警察官になったことは聞いていたけど、桑畑署の刑事さんだとは知らなかった」

向こうが名刺を差し出すので交換した。

「中学生だから、人権とか、プライバシーとか、いろいろ大変だとは思うけど、生徒が一人亡くなっているので、捜査には出来るだけ協力を願います」

先手を打って豊川から言った。教師としては、生徒を守りたい一心に決まっている。

「もちろん、わかってるよ。でも中学生なので、それなりの配慮は頼みます。言葉を選べないから、誤解を招きやすいだろうし」

「ああ、そうだね。その点は気をつけるよ。ところで、せっかくだから聞きたいんだけど、テニス部の坂井君と市川君は君のクラスだよね。

どんな生徒？」

「いや、どんな生徒って普通の生徒だけど。とくに問題を起こすような子じゃない」

飯島が表情を曇らせた。

「二人は名倉君とは親しかったのかな」

「ええと、親しかったかな……」

「知らない？」

「いや、親しかったかもしれない。いつも一緒にいたようだし」

受け答えがぎこちなかった。

「保護者はどんな感じ？　教育熱心とか、放任主義とか、モンスターペアレントとか」

「モンスターってことは……。普通の家庭だよ。ただ、坂井の家は母子家庭だけど」

「あらかじめ言っておくけど、この二名からは、運動靴と携帯電話の提供を求めることになると思う」

「そうなの……？」飯島が眉をひそめた。

「そんなに警戒しないで。何でも調べるのが警察なんだ。ゆうべは君の靴跡だって調べただろう？」

「わかった。学年主任を通してもらうことになるけど……」

「じゃあ始めるから、退室してくれる？」

「くれぐれも生徒をよろしく。廊下にいるので、何でも言ってください」

最後は他人行儀に頭を下げ、教室から出て行った。

「あの教師、盗み聞きする気じゃないですよね」石井が耳元で言う。

「小声で話せばいいさ」

学校側からもらった名簿を頼りに、最初の生徒を招き入れた。髪を三つ編みにした普通の女子だ。緊張からか顔が強張っている。

豊川は笑顔を作り、「どうぞ、座って」と着席を促した。

「怖がらなくていいからね。知ってることを話してくれれば五分で終わるから」

聞き役は豊川が行うことにした。体の大きな石井はただでさえ威圧感があるので記録を任せた。

「ええと、村山早紀さんだね。昨日の午後四時前後、どこで何をしてた？」

「家にいました」

「学校を出たのは何時？」

「三時半過ぎです。部活がなかったから……」

「家にいたことを証明できる人はいる？」

「おかあさんと、おじいちゃんと、おばあちゃんと弟と……」

「了解。昨日の夕方は家族といたんだね」

「はい」

　そのあとは、名倉との関係を聞いた。クラスがちがうので口を利いたこともないとのことだった。テニス部では男女別で練習メニューが組まれるため、部活でも一緒に話す機会はないらしい。どんな生徒だったか、という問いには、「普通です」という答えが返ってきた。

「普通って？　おとなしいとか、活発だとか、面白いとか、真面目だとか、いろいろあると思うけど」

豊川が答えを促しても、しきりに首を捻《ひね》るばかりだった。

「名倉君はいつも誰と遊んでた？」

「ええと、一緒に帰るのは金子君とか、坂井君とか、市川君とか、藤田君とか……」

携帯の記録どおりの名前が挙がった。

「じゃあそれに名倉君を加えた五人が仲良しグループってわけだ」

「そうだと思います」

「村山さんから見てどうだった？　そのグループは」

「さあ……」

「誰がリーダー格だった？」

「さあ……」女子生徒がいよいよ困り顔になった。「わたし、男子のこと、あまり知らないんです……」

「そうだよね。わかんないよね、そんなこと。ごめん。じゃあ最後だけど、部室棟の屋根って、誰か上ってるの、見たことある？」

「はい。ときどき男子が上ってます」

「名倉君も上る？」

「わたしは見たことないです」

「屋根から木の枝に飛び移るのは？」

「それは見たことありません」

「わかった。ありがとう」

五分が過ぎたので終わりにした。女子生徒が、檻《おり》から解放された小鹿のように駆けていく。刑事課の豊川は普段と勝手がちがうことに戸惑った。同時に、中学生の証言に頼る捜査は危険だと直感で思った。知らない大人を前にすると、萎縮し、いつもどおりではなくなる。

「女子生徒は無駄なんじゃないですかね」石井が横でつぶやいた。

「そう言うな。どこに手がかりが転がってるかわからんぞ」

次の生徒を呼び入れた。先の生徒にもまして緊張顔だ。

豊川は微笑《ほほえ》んでみたが、慣れないことはするものでなく、自分も頬がひきつった。午前十一時半まであと四十分だった。それまでに、できるだけ数をこなしたい。

3

警察の動きがあわただしくなったのは、時計の針が午前十一時半を指そうかというときだった。教室から若いほうの刑事が出てきて、最初に決めたヒヤリングの順番を無視し、生徒を指名してきたのだ。

「A組の坂井瑛介君を呼んでください」

飯島浩志はその指示に戸惑った。坂井は自分が担当する生徒だが、当初の予定では最後のほうで行うことになっている。

「そのまま帰れるように、鞄《かばん》など持参して来るように」

刑事がたたみかけた。

「どういうことでしょうか」

「気にしないでください。単なるこちらの都合です」

やりとりの最中、隣の教室からも、ヒヤリングをしていた刑事が出てきた。

「A組の市川健太君を呼んでください」

生徒を呼ぶ係の教師に向かって言っている。その向こうの教室でも、そのまた向こうの教室でも、同じことが行われた。まるで打ち合わせたような行動だ。

それぞれの刑事が指名したのは四人の男子生徒だった。坂井、市川、金子修斗、藤田一輝。全員がテニス部員である。この四人は、恐らく名倉祐一といつもつるんでいるグループの面々だ。同時にヒヤリングをするということは、何を意味するのか。そして帰り支度をして来いとは、どういうことなのか。

飯島は命じられたまま、自分のクラスの生徒である坂井と市川を呼びに行くことにした。階段を上りながら、なにやら胸騒ぎがした。警察は何かつかんでいるのだろうか。廊下で何人かの生徒が居残っておしゃべりをしていた。「おい、関係のない生徒は早く帰れ」そう注意すると、雀《すずめ》のように散っていった。

教室では坂井と市川が二人だけで待機していた。顔色はすぐれない。おまえたち知っていることでもあるのか――。その言葉が喉元まで出かかる。警察の指示通り、帰り支度をさせ、ヒヤリングの行われている教室へと連れて行った。

「二人とも、刑事さんに聞かれたことには、なんでも正直に答えるように。ただし、知らないことは知りませんってちゃんと言え。あやふやなことをしゃべる必要はない。もしも刑事さんから証言を誘導されたり、強要されるようなことがあったら、そのときは、先生を呼んでくださいと言いなさい。いいな。先生は廊下で待機している」

歩きながら注意点を与えた。二人は黙ってうなずいた。飯島はあらためて受け持ちの生徒の大切さを思った。なんとしてもこの子たちに累が及んで欲しくない。それは学校の責任問題とか卑小なことではなく、子供たちの将来を心から案じての願いだ。

生徒を刑事の待つ教室に入れ、自分は廊下の端のスツールに腰掛けた。試験問題作成のための資料読みをしようと、テキストを広げてみたが、とても何かが頭に入る状況ではなかった。窓から外の景色をぼんやり眺める。裏手には竹林があり、風にざわざわと揺れていた。そろそろ雨粒が落ちてきそうな空は、薄く墨汁でも塗ったような色合いで、所々の雲の濃淡が、見る者を不安にさせた。

この町の住民は今、死んだ名倉祐一の話題で持ちきりだろう。それは少年本人というより、名倉家への興味から来るものだ。昔からの資産家で、たくさんの不動産を所有し、夫人はやり手の商売人だ。どういう経緯があるのか、飯島たち若い教師は知らされていないが、第二中では、生徒の体操着は名倉呉服店から納入されていた。噂《うわさ》では、主任以上はそれなりの見返りを得ているとのことだ。教頭の娘が成人式を迎えたとき、晴れ着を名倉呉服店で買ったら正札の半額以下だったったと、まことしやかにささやかれている。

職員室からテニス部顧問の後藤が出てきた。廊下をそろりそろりと歩き、飯島の隣に立つ。腰をかがめ、「名倉の通夜は明日、告別式は明後日だそうです」と小声で言った。

「教頭先生から、通夜、告別式ともテニス部全員を引率して行くように言われたんですが、その必要ありますかねえ」

後藤はなにやら不服そうだった。

「教頭先生が言うんだから、そうするしかないだろう」

「通夜はともかく、告別式は平日の午前ですよ。それに女子部は関係ないと思うんですよ。別練習なんだし」

「まあ、そうだけど……」

「飯島先生から、言ってもらえませんか。通夜だけにしたほうがいいって」

「おれが？」

「頼みますよ。ぼくなんかが言っても聞いてもらえませんよ」

「校長先生は何て言ってるんだ」

「何も。マスコミの対応に大わらわで、細かいことは教頭先生に任せるって……。これ、細かいことですかねえ」

「よし、わかった。生徒は通夜だけにするべきだって、おれがあとから言ってみる」

飯島は吐息交じりに返事をした。こっちは今それどころではない。受け持ちの坂井と市川が、刑事から問い詰められている雰囲気なのだ。

「すいません。お願いします。ところで、警察のヒヤリング、もっぱらいじめの可能性に集中してるみたいですね」

「そうなのか」

「ヒヤリングを終えたテニス部員をつかまえて聞いたんですよ。いじめに遭ってるのを見たことはないかって、しつこく聞かれたみたいです。それから、ついさっきの記者会見で、新聞記者から、いじめがあったらしいが実際はどうなのかという質問が出たそうです」

「しかし、いじめがあったとしても、転落死と関係があるのかよ」

「そりゃあ、事件か事故かで大違いでしょう。ぼくなんか部活の顧問だから、ほんと、生きた心地がしないですよ」

「それはおれも一緒だよ。クラスの坂井と市川は、名倉君といつもつるんでるグループだ」

飯島は膝の上のテキストを閉じ、後輩教師を見上げた。

ふと気がつくと、坂井のヒヤリングが十分を超えていた。これまでは一人平均五分、長くても七、八分というところだった。坂井も市川も、ほかの二名も、入ったまま出てこない。胸騒ぎが激しくなった。

教室の引き戸に耳を当てて盗み聞きしたい衝動に駆られる。

不安なので、後藤に今起きていることを話した。すると後藤がたちまち顔を曇らせた。

「そのテニス部の四人が一斉に呼ばれたんですか？」

「そうだ。十一時半、示し合わせたように指名があったんだ」

「何ですかねえ」

「聞きたいのはこっちだよ」
焦燥感が込み上げてきて、口の中がからからに渇いた。校庭では、まだ帰らない生徒たちがふざけあっている。

市川恵子は落ち着かない時間を過ごしていた。学校から、今日は授業を中止して全校集会だけで生徒を帰すという一斉メールが届いたのが午前九時過ぎで、息子の健太から帰宅が遅れるとメールがあったのが午前十時だった。その内容は、テニス部員は全員、警察のヒヤリングがあるため居残りという文面だった。愛想のない簡潔なメールはいつものことだった。仲間同士なら、絵文字を並べたり、今どきの符牒《ふちょう》を使ったりすると思うのだが、親に宛てるメールなど構っていられないのだろう。寄り道しないように、という恵子からのメールにも、もちろん返信はない。親と子はいつだって一方通行だ。

不安に駆られ、母親仲間にあちこち電話をした。その中の一人に、保護者への説明会が夕方開かれるのではないかという話を聞かされたが、まだ確認できていない。学校からなんらかの説明はあるのだろうが、それを開くためには、少なくとも死因ぐらいはわかっていないと意味がない。つまり説明会の連絡がないということは、学校側も事態を把握していないのだ。

昨日が準夜勤だった夫の茂之は、まだ寝ていた。まったく父親とは呑気《のんき》なものだ。ゆうべも深夜までテレビの映画を観《み》ていた。息子の友人が死んだというのに、まるで他人事のようにビールを飲み、食事をし、眠っているのだ。

何か新事実は出てこないかと、ずっと地元ケーブルテレビをつけているのだが、恵子の不安などよそに、どこそこの神社で縁日が始まったとか、そんなどうでもいい地域ネタを映していた。きっと同じ第二中の保護者でも、名倉祐一と無関係の母親たちは、いつもと同じ日常を送っているのだろう。せいぜい名倉家の噂話をするぐらいだ。人は、自分の周囲にしか関心がない。

電話が鳴った。どきりとした。ナンバーディスプレイを見ると、知らない携帯の番号が表示されている。恵子は恐る恐る受話器を取り上げた。

「はい、市川です」

「市川健太君のおかあさんですか。わたくし、桑畑警察署の古田と申します」

明るい声が耳に飛び込んだ。警察と聞いて心臓が止まりそうになった。警察から電話？　いったい何の用で……。

「息子さんからお聞きとは思いますが、名倉祐一君が亡くなった件で、現在健太君からもヒヤリングを行っている最中です。それでですね、これはお願いなんですが、息子さんの携帯電話をですね、一日預からせていただけませんか」

口調はセールスマンのように慇懃《いんぎん》だった。しかし、どこか温度を感じない。返事に窮していると、なおもたたみかけられた。

「ほかの生徒さんからも携帯電話の提供は受けてます。みなさん、ま

だ中学生なので、一応親御さんの了解を得たほうがいいだろうという
ことで、電話をかけさせてもらってます」

「あの、健太は、今そこにいるんですか」

恵子はやっとのことで声を発した。

「いいえ。わたしは署から電話をかけさせてもらってます。健太君は今現在学校にいて、ヒヤリングには別の刑事が当たってます」

「はあ、そうですか……」

「お願いできますか。一日だけですから」

「あの、ええと……」どう返事するべきか、見当もつかない。応じてしまっていいものなのか。「すいません。主人と相談してみます」

「急いでいるので、今すぐ返事していただけるとありがたいんです

「家にいるんです。準夜勤明けで寝てるんです。起こしてきますから」

警察官が電話の向こうで何か言ったが、保留のボタンを押し、寝室へと走った。「ねえ、おとうさん」乱暴に揺り起こす。ぼさぼさの頭で体を起こした茂之に警察から電話で求められていることを説明した。

「どういうことだ。中学生だぞ、健太は」茂之が顔をしかめる。同時に少し蒼《あお》ざめた。

「だから保護者の許可を得たいんだって」

「わかった。おれが出る」

茂之は頭を振って布団の上に胡坐《あぐら》をかくと、ひとつ大きくしわぶき、受話器を手に取った。

「お電話代わりました。市川健太の父親です。……はい、桑畑署刑事課の古田さんですね。はい、はい。……それは、ほかの生徒さんにも同じ要求をしているということでしょうか。ええ、ええ……、なるほど。しかしそれは何のために」

さすがに夫は落ち着いていた。なぜ携帯電話を預かりたいのかということを警察に聞いている。

「もしかして、うちの子は何かを疑われているのでしょうか」

その問いかけにはどきりとした。

「はい、はい。……交友関係にある生徒の携帯は全部提出を受けている、と。わかりました。で、それは任意なわけですね？　はい、はい、わかります。名倉君のためにも協力は致します。……なるほど。じゃあ、一日で返してもらえるんですね。そうでしたら、お渡ししてもいいです。……いいえ、うちの息子が妙な疑いをかけられるくらいなら、はっきりさせてもらったほうがいいです」

茂之が提供に応じた。それでいいのだろうか。恵子には判断がつかない。

「ええ、ええ、ご苦労様です。それでは失礼します」

電話を切った。恵子を見て、不機嫌そうに受話器を差し出す。

「どうだった」

「渡すことにしたよ。しょうがないだろう」

「こういうのって、断れたりしない？　ほら、おとうさん、警察に聞いてたじゃない、任意なんでしょって」

「任意だけど、うちだけ断って悪い印象を与えるよりはいいだろう」

「まあ、そうだけど……」

「向こうも低姿勢だったし、念のためってことなんじゃないかなあ」

「うん。そうだね」

恵子は自分に言い聞かせるようにつぶやいた。

茂之がもう起きるというので、食事の支度をするため、キッチンへ行った。朝作った味噌汁《みそしる》を温め直し、塩鮭《しおざけ》を焼くことにした。それはそうと、健太は昼食までに帰ってこられるのだろうか。時計を見るともう正午を回っていた。昼に間に合わないのなら、その連絡もさせない学校は配慮に欠けるのではないか。こんな出来事があったときは、親が一番動揺しているというのに。

恵子は学校に対して小さな憤りを覚えた。警察を易々《やすやす》と受け入れたことだって、息子が事情聴取をされている今となっては腹が立つ。

食事の支度をしていると、電話が鳴った。今度は誰かとディスプレイをのぞき込む。坂井瑛介の母親、百合からだった。さっきも電話で話したばかりだ。何か情報でも得たのだろうか。

「はい、市川です」恵子が電話に出ると、百合はあわてた様子で言葉を発した。

「すいません、坂井です。あ、あの、うちの瑛介が逮捕されたって本当ですか？」

それには恵子も驚いた。「逮捕？　瑛介君が？」声がひっくり返った。

「そうなんです。今しがた警察から電話があったんです。瑛介君を傷害容疑で逮捕しましたって」

「逮捕って――。うちの健太は――」

「健太君のことは知りません。そっちには何も連絡はないんですか」

「さっき警察から電話があって、息子さんの携帯をお借りしたいってことは言われましたが」

「それだけですか？」

「それだけです」

「じゃあ、うちの瑛介だけ逮捕されたんでしょうか」

「さあ、それはわたしに聞かれても……」

恵子の頭の中がグルグルと回った。これから健太も逮捕されるのか。でも、それはいったい何の理由で。

「わたし、これから警察に行きます。それで瑛介を返してもらってきます」

百合が無茶なことを言ったが、恵子もうろたえていたので「はあ」とだけ答えた。

「健太君は、今どこにいるんですか？」

「学校のはずです」

少しでも情報を得たいのか、百合がいろいろ聞いてきた。その気持ちは恵子も痛いほどわかったのだが、そもそも自分も何も知らされておらず、曖昧な返答をするだけだった。

「それじゃあ、ちょっと行ってきます」

「はい、気をつけて」

電話を切ると、心臓がドクドクと高鳴った。喉から飛び出てきそうだ。「おとうさん、おとうさん」夫を呼んだ。家にいてくれて本当に助かった。

「何だ、どうした」パジャマのまま台所に現れた。

「ねえ、坂井君が逮捕されたんだって。今、坂井君のおかあさんから電話があった」恵子が訴える。

「健太は」茂之が顔色を変え、間髪を入れず息子の名を発した。

「わからない。ねえ、これから学校へ連れていって。健太を迎えに行きたい」

「あいつの携帯にかけてみろ」

「だって警察に――」

「あ、そうか。じゃあ学校にかけてみろ」

「つないでくれないって。それより顔を見たい」

「よし、わかった。着替えてくる」茂之が廊下をドタドタと歩いていく。

恵子の中で、えもいわれぬ焦燥感が込み上げてきた。家族の平和が乱されそうな危機が、すぐそこまで迫ってきている。初めての経験だった。夫がいて、子供たちがいて、毎日団欒《だんらん》がある。この幸福が続くことを信じて疑わなかった。いったい息子の周囲で何が起きているのか。

膝が震えた。じっとしているのももどかしい。
窓の外では、いつの間にか雨が降り始めていた。

坂井百合は頭が混乱したまま、警察署へと向けて軽自動車を駆っていた。息子が逮捕された――。警察からの連絡は、何か性質《たち》の悪い悪戯《いたずら》電話のような気がして、実感はまるでなかった。瑛介は確かに反抗的なところはあるが、うそはつかないし、正義感だって持っている。小学生のときは、拾った財布を交番に届けて、落とし主から感謝されたこともある。今は思春期で、不良ぶるときもあるが、学校で問題は起こしていないし、家の手伝いもしてくれる、だいいちやさしい子なのだ。その証拠に、今年のバレンタインデーには、三人の女子からチョコレートをもらっていた。

それにしても逮捕とはどういうことか。補導の聞き間違いなのではなかったのか。警察は傷害容疑と言った気がする。つまり、瑛介が誰かに暴力を振るったということだ。もしかして、名倉祐一の死とは無関係で、学校で誰かと喧嘩《けんか》でもしたのか。今は、そっちのほうを願っている。

名倉祐一は、きっと自殺か事故だ。今朝、瑛介は、ニュースで初めて名倉祐一の死を知った。あの驚きようは演技ではない。だから瑛介はその現場にはいなかった。

雨で視界が悪いので、身を乗り出して運転した。ワイパーがもう古いのか、水切りが悪い。帰りにホームセンターに寄ろうと思った。ついでに瑛介が欲しがっていたスポーツサンダルを買ってあげてもいい。

百合は、本当に連れて帰るつもりでいた。

警察署に到着すると、玄関に担任の飯島が立っていた。顔色はない。落ち着きなく足を揺らしている。確か三十そこそこのはずだ。職場の若い社員と同じように、頼りなく見えた。

「先生。瑛介はどこですか」百合が声をかける。思いがけず強い口調になった。

「たった今、裏口から署の建物に入ったところです」

「逮捕って、本当なんですか」

「はい。本当です」

「うちの子だけですか」

「いいえ。B組の藤田君と二人です」

藤田一輝は瑛介の遊び仲間だ。百合の印象では、勉強が出来て、お調子者で、よくしゃべる子だ。幼いうりざね顔が脳裏に浮かぶ。

「二人がいったい何をしたんですか。誰かに暴力でもふるったんですか」

「すいません。実はぼくも詳しいことは知らされていなくて……。学年主任の中村先生が今、署内で説明を受けているところです」

「わたしが直接聞きます」

署に足を踏み入れると、カウンター前に婦人警官が待ち構えていて、百合を二階へと案内した。婦警が小走りに先を行く。刑事課と看板が掲げられた部屋に通されると、奥のテーブルに同年代とおぼしき背広姿の男がいた。

「刑事課の古田です。坂井瑛介君のおかあさんですね。まあ、お掛けください」

古田という刑事が自己紹介した。その表情は硬く、深刻な雰囲気を漂わせていた。

百合は憮然《ぶぜん》とした態度で着席した。保護者としては頭を下げたほうがいいのかもしれないが、息子が拘束された憤りのほうが大きくて、むしろ抗議したい気分だった。

「うちの子に会わせてください。瑛介は今どこですか」挨拶もなく要求した。

「瑛介君は今、三階の生活安全課の取調室にいます。少年係のベテラン刑事が話を聞いています」

「うちの子が何をしたんですか」

「まあ、落ち着いて」古田が両手で抑える仕草をする。「順番に話します」

「話より先に会わせてください」

「それはできません。瑛介君は逮捕されたのです。中学生でも被疑者です」

「何を疑ってるんですか」

「だからそれをこれから話します」

古田が近くの女子事務員を呼び、麦茶を出すよう命じた。茶髪の若い事務員がサンダルを鳴らして駆けていく。百合は一度深呼吸して、部屋を見回した。署の中は清潔で、指名手配犯の写真があちこちに貼ってあることを除けば、普通の会社のオフィスと変わりがない。ただ、デスクにいる刑事たちの目つきは鋭かった。だいいち全員がいかつい。

「ゆうべ、桑畑第二中学の二年生、名倉祐一君が死体で発見されました。死因は脳挫傷です。側溝に頭から落ちて死んだ、まあ、そう断定して差し支えないと思います。それらはもちろんご存知でしょう。すでにニュースで流されていますから……」

古田が説明を始めた。刑事の習性なのだろうか、百合の表情をうかがうように、正面から見据えている。

「そして、マスコミにはまだ発表していませんが、別の事実があります。死んだ名倉君の背中一面には、皮下出血の痕がありました。それはつねった痕と推察されます。こう、指で、つねったわけですね」

古田が手振りで示した。「言っておきますが、軽く、じゃないですよ。皮下出血するくらいです。相当強く、数秒間つねらないと、痕は残らないでしょうね。で、皮下出血痕は古いものから新しいものまであり、つまり、名倉君は何日間かにわたって、誰かに背中をつねられていたことになります。ここまでの話、おわかりいただいてますか」

「わかりますけど、それより瑛介を――」

「今日の取り調べで、四人の生徒が、名倉君の背中をつねったと自供しました。その中に瑛介君が含まれています。ですから傷害容疑で逮捕しました。現段階で説明できるのはここまでです」

「つねったぐらいで逮捕するんですか」

「そうです。頭を叩《たた》いただけでも、ビンタを張っただけでも、ケガを負わせれば傷害です」

古田が背もたれに体を預け、麦茶を飲んだ。

「で、瑛介はどうなるんですか」

「これから取り調べに入ります」

「何時に終わるんですか」

「それはわかりません。少なくとも、今夜は泊まってもらうことになります。着替え等、必要ならばおかあさんが署まで持ってきてください」

「泊まるって、どこにですか」

百合は語気強く言った。家に帰れないなんて、到底納得がいかない。

「少年であろうと、逮捕された以上、警察の留置場に入ることになります」

「留置場——」百合は絶句した。それはつまり、牢屋《ろうや》の中ということなのか。「いやです。絶対にいやです。瑛介をここに連れてきてください。中学二年生ですよ。子供なんですよ。早く会わせてください」

「大きな声を出さないで」古田が語気強く言った。

「あの子は口下手なんです。自分の思っていることがうまく伝えられないんです。大人に囲まれてあれこれ問い詰められたら、本当じゃないことも口走っちゃうかもしれないじゃないですか」

百合がまくし立てる。いくらでも言葉が出てきた。

「坂井さん。お静かに」古田が右手でテーブルを、ノックするように二度叩いた。「いいですか。瑛介君は逮捕されたんです。中学生でも、十四歳は罪に問われるのです。今は弁護士以外、誰も面談できません。死んだ名倉君の親御さんのことも考えてみてください。どれだけ打ちひしがれていることか。昨日から病院で点滴を打ってるんですよ。飲み物すら喉を通らない」

「うちの子が殺したとでもいうんですか」

「名倉君にケガを負わせた。それは事実なんです」

古田の顔つきが変わった。電話のときは柔和な印象を受けたが、面と向かえば、権力の冷徹さを向けてくる。

「いつになったら会えるんですか」

百合が聞く。古田はその問いには答えず、ひとつため息をつき、

「二、三、確認したいことがあります」と話を続けた。

「瑛介君は毎日同じ運動靴を履いて登校しますか」

「そんなこと聞いてどうするんですか」

「いいから答えてください」

「同じ運動靴です。底が磨《す》り減るまで履かせます。うちは母子家庭なんです。名倉君の家みたいに、お金持ちじゃないんです」

「質問にだけ答えてください。次、昨日は服を汚して帰ってきたようなことはありませんでしたか」

「どういう意味ですか」

「答えてください」

「そんなことはありませんでした。シャツは毎日洗濯しますが、ズボンは今日も同じのを穿《は》いて登校しました」

百合は無性に腹が立った。息子が名倉君にケガを負わせたのは事実かもしれないが、つねったぐらいで、警察に逮捕されるなんてあんまりだ。おまけに留置場に入れると言っている。

「母子家庭ということですが。離婚されたんですか」

「そうです。もう五年前です。女手ひとつで育てました。人様に迷惑をかけるような子には育てた覚えはありません。そんなことより、留置場に入れるってどういうことですか。証拠もなしに、そんなことできるんですか」

「坂井さん、ちょっと落ち着いて。そんなに興奮なされると、話にならないでしょう」

「答えてください。留置場って――」

古田がため息をつく。振り返り、部下に命じ、誰かを呼びに行かせた。しばらく百合の言葉を黙って浴び、別の中年の男が現れたところで席を立ち、部屋の隅でひそひそ話を始めた。古田が何度かうなずく。またテーブルに戻ってきた。

「坂井さん。少年係の係長と今話したんですが、どうしても留置場がいやなら、送致までの間、柔道場に布団を敷いて、捜査員と並んで寝ることは可能です。規則には反しますが、特例として認めてもいいです。よそでは言わないでください」

「家には帰れないんですか」

「だからそれは無理です。逮捕されたんですよ。瑛介君は」

古田が苛立《いらだ》った様子で言った。

「あ、そういえば……」百合は、警察署の玄関で飯島から聞いたことを思い出した。「もう一人、藤田君も逮捕されたって、玄関で先生から聞いたんですが」

「ええ。逮捕しました。いずれわかることですから、今教えますが、藤田君とおたくの息子さんは、十四歳以上なので逮捕しました。あとの二人、市川君と金子君はまだ十三歳なので、児童相談所送りになります」

いつもの仲良しグループだ。健太君の母親の顔が浮かぶ。出がけに電話をしたばかりだ。

「それって、どういうことですか」

「同じ傷害でも、十四歳未満は罪に問えないということです。法律で決まっているんです」

ますます頭が混乱した。息子は先週十四歳になったばかりだった。誕生日が半月ほどあとだったら、逮捕されなくて済んだということなのか。

「市川健太君はどこにいるんですか」気になるので聞いてみた。

「市川君と金子君の二名は児童相談所に向かっています」

「そのあとどうなるんですか」

「親の了解を得て、一時保護所に泊まってもらう予定です」

「じゃあ、うちの瑛介もそうしてください」

「だから、あなたの息子は逮捕されたって言ってるでしょう。どうしてわからないんですか！」

とうとう古田が怒鳴った。赤い顔でにらみつけてくる。こんな大人に問い詰められたら、中学生などひとたまりもないなと思った。息子の顔が浮かび、悪寒が走った。

早く瑛介に会いたい。誰か助けて欲しい。母子家庭であることをこれほど心細く思ったことはなかった。


対象生徒全員のヒヤリングを終え、署に戻ったのは午後二時過ぎだった。昼食はとっておらず、空腹のはずなのに、食欲はなかった。豊川康平は、中学生相手という慣れない事情聴取にすっかり神経が消耗し、長旅帰りのような疲労感を覚えていた。相方の石井も、大きな体を女子生徒が怖がるため、無理に身を縮め、肩が凝ってしまった様子だ。

逮捕者二名と補導二名を出し、教師たちは激しく動揺していた。ヒヤリングの呼び出し役をしていた飯島は、生徒の逮捕を告げたとき、一瞬にして顔面蒼白《そうはく》になり、手を震わせていた。駆けつけた校長と教頭も言葉を失い、右往左往するばかりだった。

昨夜、名倉祐一の家族から携帯電話の提出を受け、メールの着信歴を調べ、いじめがあったことを確認した。一日に十件を超える着信メールは、その大半が「よろしく」とタイトルがついたもので、内容はゆすりや強要の指令だった。《放課後ポカリ4本よろしく》《数学テキスト設問245、明日の授業前までによろしく》《女子部のユカリにキックよろしく》――。読んでいて豊川は、子供はなんと冷酷な生き物かと暗い気持ちになり、自分たちの子供時代に、携帯電話がまだ普及途上であったことを幸運に思った。いじめはいつの時代にもあるのだろうが、現代は携帯とネットがあるぶん、子供たちは生身の人間を充分経験しないまま育ち、手加減を覚えない。

現金を要求するメールも残っており、有力な証拠を得ることができた。被疑者は坂井瑛介(14)、藤田一輝(14)、市川健太(13)、金子修斗(13)の四名である。ただちに署長の駒田が幹部を招集し、さらには本部から捜査一課長も駆けつけ、捜査の方針を練った。今朝の会議で豊川らが聞かされた方針は、以下のとおりである。

第一に、被疑者生徒四名を、事前連絡なしで指名し、午前十一時三十分より四カ所の教室で一斉にヒヤリングをする。これはヒヤリング情報を共有させないためである。

第二に、四名から携帯電話の提供を受け、メール記録を確認する。もしも揃《そろ》って削除してあるようなら、名倉祐一の死を知ってあわてて隠蔽《いんぺい》工作したものと判断する。

第三に、四名に、当日の放課後の行動を、終業から帰宅まで詳しく述べさせる。とくに部室棟の屋根に上ったかどうかについては、捜査員からは最後まで聞かず、自分から言い出すかどうかを見極める。

第四に、四名の了解を得て、運動靴の靴跡を採取する。昨日とちがう靴を履いていた場合は、保護者に連絡し、別の捜査員を派遣してすぐさま提出を受ける。

第五に、名倉祐一の死体の背中に多数の内出血痕があったことについて、四名に問いただす。否認した場合は、ほかの生徒の証言があることを臭わせて揺さぶる。

第六に、名倉祐一の死に関して供述を得られなくても、傷害を認めた場合は、十四歳の二名を傷害容疑で逮捕し、十三歳の二名を補導し児童相談所送りとする。もちろん本丸は殺人もしくは傷害致死容疑であるが、現時点では判断する材料があまりに少なく、そこまで踏み込むのは適当ではない。ただ、生徒たちに時間的猶予を与えて、証拠隠滅と口裏合わせをされることを、警察は恐れていた。

この判断には、数年前の夏、北陸地方の中学校で起きた「中学生プール溺死事件」が大きく影響していた。

保護者から子供がまだ帰らないとの連絡を受けた教師が、校内を見回ったところ、プールで当該男子生徒の溺死体が発見された。パンツ一枚の姿で、両足はロープで縛られていた。入り口は施錠してあったため、柵を乗り越えて中に入り、内緒でプール遊びをして、事故にあったものと推察できた。

数人の生徒がプールに忍び込むところを見たという目撃証言が得られたのと、死んだ生徒が日頃からいじめに遭っていたという証言から、簡単に容疑者を割り出すことができた。全員が中学二年生で、半分は十四歳未満だった。罰ゲームと称して、両足をロープで縛り、プールに突き落とし、そのまま放置して帰ってしまったものと思われた。

相手が少年ということで人権に過敏になったのが、警察にはあだとなった。自宅から呼び出す形で任意の取り調べをする間に、少年たちは口裏を合わせ、言い逃れを繰り返した。さらには東京から左翼系の弁護士グループが乗り込んできて、加害者家族に取り入り、事件を引っ掻《か》き回した。弁護士たちには、国家権力に一泡吹かせたいという意図がありありだった。さらには若い検事が不手際を重ね、傷害致死で起訴したものの、裁判の末、証拠不充分で全員無罪という警察には屈辱的な判決が下るに至った。ならば被害者は、自分で両足を縛り、自分からプールに飛び込んだとでもいうのかと捜査員たちは憤った。豊川も一人の警察官として憤りを覚えたし、遺族に申し訳ない気持ちになった。

この案件の全容がわかり始めたとき、捜査員は全員その事件を思い出した。会議では署長も「同じ轍《てつ》を踏んではならない」と訓示した。そして、慎重に臨んだヒヤリングの結果は――。メールの履歴に関しては、四名とも見事に「よろしく」メールを削除していた。つまりそれは疚《やま》しいところがあり、共謀したということである。

放課後の行動についても、口裏合わせをした可能性が高かった。ホームルーム後、一度部室に集まったが、おしゃべりをしたのち、三十分後には解散し、名倉祐一とは部室前で別れたと、四人が口を揃えて供述したのである。もちろん部室棟の屋根に上ったことは、誰も言い出さなかった。

坂井瑛介の聴取を担当した豊川は、事前の打ち合わせどおり、「数人の男子が屋根に上がって遊んでいるのを目撃した生徒がいる」と揺さぶりをかけた。すると顔をこわばらせた坂井瑛介は、屋根にみなで上がったことを認めたが、その先は、「自分だけ先に下りて帰ったので知りません」と、うつむいたままぼそぼそとしゃべるに終始した。銀杏の木に飛び移ったかどうかを聞くと、自分はやったが先に帰ったので名倉祐一については知らないと述べた。時間がなかったので、その先は突っ込んでいない。

名倉祐一の背中についた皮下出血痕については、言い逃れが難しいと思ったのか、あっさりと認めた。実行した仲間として、市川、藤田、金子の三名がいることも認めた。

この時点で、ヒヤリング現場からの報告を携帯電話で受けた駒田署長が県警本部の捜査一課長と協議し、傷害容疑での逮捕状を請求した。四人の生徒をばらばらにさせるには、逮捕・補導がもっとも有効な手段と判断した。これ以上、口裏を合わせる時間を与えてはならない。

豊川自身も、坂井瑛介から携帯電話を提出させ、メールを削除している事実に遭遇したとき、背筋に冷たいものを感じた。子供だと思って、純朴さとか、素直さといったものを期待してはいけないと自らを戒めた。子供でも、平気でうそをつく。

警察にとっては、ここからが正念場といえた。逮捕した十四歳の二名については、送検までに四十八時間、警察に留め置くことが可能である。その間に、いかにして名倉祐一の死の真相を明らかに出来るかがこの案件の鍵だ。通常では勾留のためにあと二十四時間、加算されるが、勾留請求については法律上難しいと思われた。日本の法律は、少年犯罪にすこぶる甘い。だから実質二日間なのだ。

警察署内には生徒たちの逮捕に反対する声もあった。とくに少年係を有する生活安全課は、もっと証拠を集めてからでないと危険だと抵抗したが、駒田署長が撥《は》ねのけた。

「針の刺さった魚を釣り上げないでどうする。責任はおれが取る」

と、部下を前にして胸を叩く。評判通りの威勢のよさに、刑事たちはにわかに活気づいた。

署の二階にある刑事部屋で一息ついていると、外がざわつき始めた。なんだろうと窓からのぞく。報道各社が玄関前に集まり、傘の花が咲いていた。生徒四名の逮捕・補導を受け、記者会見が予定されている。

「これってきっとトップニュースですね」石井が鼻の穴を広げて言った。

「吉と出るか、凶と出るか」豊川が吐息を漏らして答えた。

ここからは注目度が一気に高まる。警察に失敗は許されない。

「みんな、ご苦労さん」

そのとき、野太い声を響かせ、駒田署長と島本副署長が部屋に入って来た。見ると横には県警本部の小西《こにし》捜査一課長もいる。豊川たち捜査員はあわてて立ち上がり、気をつけの姿勢をとった。

「記者会見に臨むにあたって、少し打ち合わせをする。一階はマスコミで溢《あふ》れてな。落ち着ける場所がないんだ」

島本が言った。通常、管内で事件が発生すると副署長が広報を受け持つ。今回は記者の数が多いだけに、いつもより念を入れたい様子だ。続いて小西捜査一課長が口を開いた。

「被疑者四人の聴取を担当した者は……」

「はい。自分であります」豊川が答える。ほかからも声が上がった。

「ここでちょっと話を聞かせてくれ。署長室はすでに記者が入り込んでて、落ち着ける場所がないんだ」

促され、数人でテーブルを囲んだ。上座には小西ではなく、駒田が座った。万事無頓着な男なので、とくに意味はないだろう。

駒田が押せ押せの性格なのに比して、小西は慎重派という評判だった。風貌はエリートビジネスマンといった感じである。階級は共に警視正で、年齢も近い。互いにライバル心を抱いている雰囲気は、豊川のような下っ端でも察することが出来た。彼らが目指すのは、県警本部刑事部長の椅子だ。今回の少年たちの逮捕に関して、本部の意向がどの程度反映されているのか、豊川たちは知らない。

「諸君の耳にも入れておくが、逮捕した生徒の親が早速署に抗議してきた。藤田一輝の両親だ。母親のお父さんが県会議員の富山誠一《とやませいいち》なんだそうだ。つまり一輝は富山の孫ということになる。早速、本部に秘書から電話が入ったらしい。もちろん、我々はそんなことに惑わされる必要はない。傷害容疑については自供済みだ。生徒からの目撃証言もある」

駒田が強い口調で言った。富山誠一とは、豊川も名前を聞いたことがある古株の県議会議員だった。昔からいる地元の口利き役といった政治家だ。

「それからもう一人、坂井瑛介の母親も署に居座って帰ろうとしない。母一人、子一人の母子家庭でな、我が子が留置場に入れられると聞いて、ちょっとしたパニックになっている。生活安全課の婦警がなだめているが、息子を返せの一点張りだ。まあ、気持ちはわからないでもない」

豊川は坂井瑛介のヒヤリングを思い起こした。眼《め》を伏せ、聞き取りにくい声でぼそぼそとしゃべった。授業中は目立たないタイプだろうと、一目で推察できた。百八十センチ近い身長で、私服を着れば高校生でも通りそうな、大人びた十四歳だった。坂井瑛介は母子家庭だったのか。事前情報を得ていなかったので初耳だった。少し暗い感じがしたのはそのせいだろうか。

「じゃあ、豊川からヒヤリング時のことを教えてくれ。記者会見用なので、かいつまんだ内容で結構。坂井瑛介はどんな様子だった？」

続いてペンを手にした島本から質問を受けた。

「緊張気味でしたが、最初は普通の受け答えでした。ただメール削除の件を持ち出してからは、動揺したらしく、口数が一気に減りました」

豊川は自分が受けた印象を話した。坂井瑛介は、今どきの子にしては珍しく、顎の骨が張った精悍《せいかん》な顔つきをしていた。一見して硬派だ。

「君を逮捕する」と告げたときは、事態が呑《の》み込めていないのか、

「あ、はい」とだけ答えた。その受け答えは、いかにも不器用そうだ

った。

「それでは、当日の行動から順を追って。まず授業が終わってからは？」

「終業のホームルームが終わったのが三時十分で、学校を出たのが三時四十分。その間の三十分は、部室で遊んでいたとのことです。メンバーは本人と市川健太、金子修斗、藤田一輝、そして名倉祐一の五名です。いつも遊ぶテニス部の仲間であると、本人も認めています。それで何をしていたかについてですが、最初の言い分は、おしゃべりをしていただけ。そして名倉祐一に部室の掃除を頼んで、残りの四名は先に下校したとのことでした。部室棟の屋根に上がったことを聞くと、黙りこくりましたが、目撃情報があるとカマをかけると、全員で上がったことを素直に認めました。目的はとくになし。見晴らしがいいので、よく上がるそうです」

「おい、カマをかけるのはまずいぞ」小西が横から口をはさんだ。「公判で誘導尋問と反撃される恐れがある。少年事案なので、君らも取り調べには細心の注意を払ってくれ」

「うん、そうだな。そのへんは気をつけなきゃいかんな」

駒田が腕組みし、自分が指示したことなのにうなずく。

「今回の逮捕は、あくまでも口裏合わせと証拠隠滅を防ぐためのものだから、自供を焦る必要はない。とくに少年相手は供述が二転三転するケースがままある。肝心なのは証拠集めだ。そのことを忘れないでくれ」

「うん、まあ、そうだな……」

小西の言葉に、駒田の口調がややトーンダウンした。

豊川には、なんとなく事情がわかった。今回の逮捕は駒田がごり押ししたようだ。さすがは「香車の駒」と言うべきか。その後も、小西の注意が続く。エアコンの温度設定が高いせいで、男たちの汗の臭いが刑事部屋に漂っていた。


桑畑警察署の会見は午後三時半からと連絡があったが、その時間を十分回っても、会議室の長テーブルには誰も姿を見せなかった。高村真央は、学校周辺での聞き込み取材を中断し、駆けつけていた。記者たちの間では、生徒が何人か逮捕されたらしいとの情報が飛び交っている。

一国新聞の長谷部が前の席に腰を下ろし、振り返って言った。

「あんた、富山誠一って知ってる？」

「いえ。知りません」高村が答える。

「警察担当でもそれくらい知ってなさいよ。地元の県会議員で小うるさい爺《じい》さんだ。逮捕された少年の中に、富山の孫がいるってさ」

「そうなんですか？」

「うちはしがらみがあるから頭が痛い。たぶん社長とも懇意だ。うちで書けなきゃネタをやる」

「ありがとうございます」

「ただじゃいやだがな」

どこまでが冗談で、どこまでが本気なのか、皮肉めかして鼻で笑った。

前方の扉から警察官たちが入ってきた。駒田署長と島本副署長、それに県警刑事部の小西捜査一課長である。捜査一課長の小西は毎日記者会見を開いているので、記者たちとは全員顔見知りだ。目が合ったので会釈すると、すっと視線をそらされた。普段は記者クラブの若手とも軽口をたたく気さくな人物だが、シリアスな事案が発生すると途端に警察官僚の顔になり、隙を見せない。

記者たちが後方を見るので、つられて首を回すと、そこには県警本部の刑事部長までいたので驚いた。部長が記者会見に姿を見せることはめったにない。

島本の声が会議室に響いた。

「本日はお集まりいただき、大変ご苦労様です。ただいまより、桑畑第二中で発生した生徒死亡の件に関連して、記者会見を行います。みなさまに向かって左側が桑畑署署長の駒田、右側が捜査一課長の小西です。まずは小西からご報告させていただきます」

促された小西がポケットから眼鏡を取り出してかけた。手にしたペーパーを広げ、目を落とし、居並ぶマイクに向かって口を開いた。

「捜査一課長の小西です。えー、本日午後一時、本事案において、少年A、十四歳、少年B、十四歳の二名を逮捕、同じく少年C、十三歳、少年D、十三歳の二名を補導したのでここに報告します。容疑は傷害。少年四名は、今年春より、昨日死亡した生徒に対して、日常的に暴力を加えていたことが、周辺生徒たちに事情を聴いたところ判明しました。また当人たちを任意で事情聴取したところ、それを認めたため、逮捕に踏み切りました。具体的には、被害者生徒の背中一面に多数の皮下出血の痕跡があったというものです。現在、少年AとBは本署にて取り調べ中で、少年CとDは児童相談所送りの処置をしたところであります。尚《なお》、報道各社におかれては、本事案が少年事件であることを充分留意し、取材に当たられることをお願いします。わたしからは以上です」

小西が読み終えて、顔を上げるや、記者から質問が飛んだ。

「死んだ生徒と四名の生徒の関係は？」

「同じテニス部の部員です。簡潔に言うと、いつも行動を共にするグループ」それには駒田が答えた。

「皮下出血の痕跡とは、どのようなものですか」

「つねった痕と思われます」

「多数というのはどのくらいですか。できれば具体的な数字を……」

「およそ二十カ所と思ってください。とにかく背中一面です」

「それはいつ頃つけられた傷痕ですか」

「医師の診断では、古いもので半月前、新しいものでつい最近」

「その行為はいじめと判断していいんですか」

いじめという言葉に緊張が走った。

駒田は一拍置き、「我々もそう判断しています」と幾分強い口調で言った。

高村も挙手し、質問した。

「本事案は傷害容疑ということですが、被害者生徒が死んだことと関連があるとお考えですか」

「それは現時点でお答えできません。今は傷害容疑のみ」

「四名の少年の様子はどうですか」

「多少の動揺がある程度で、とくに目立った変化はありません。全員、比較的落ち着いています」

「死んだ名倉祐一君については、何か言ってますか」続いて長谷部が聞いた。

「まだ何も」

「少年たちのいじめに関して、ほかの行為にはどのようなものが……。その、たとえば、金品の要求があったとか……」

「まだわかっていません。取り調べ中」

「逮捕に関して学校側の反応は？」

「それはそちらで取材してください。どうせ行くんでしょ？　これから」

質疑に少し間が空いた。すかさず島本が「それでは記者会見を終了します」と打ち切った。駒田と小西が立ち上がる。記者たちが一斉に追いかけた。警察の公式発表はここまで。この先は「囲み」か「ぶら下がり」で各社情報を得ることとなるが、警察はマスコミへのリークで情報操作しようとするので、記者も気をつけなければならない。ここでのルールはカメラ及びテープを回さないことだ。

廊下で囲み取材に応じたのは、いつも通り小西だった。記者たちから問われる前に、自分から話し始めた。

「死亡した生徒と、四名の少年たちは、全員携帯電話を持っていた。その携帯電話を任意で提出してもらい、メールの記録を閲覧したところで、我々としては彼らの間にいじめがあったと判断した。メール内容については、まだ公表は出来る段階ではない。ただ、現時点での印象を述べるならば、いつもつるんでいるテニス部の五人組の中で、死んだ生徒が、中学生たちが言うところの〝パシリ〟であった可能性が高い。飲み物を買いに行かせたり、宿題をやらせたり、そういうメールを連日送信していた」

「少年たちはその携帯メール記録を残してたんですか」記者の一人

が聞く。小西はむずかしい顔でしばし思案すると、「いや」と首を振って否定した。

「四人の少年は揃って消去していた。残っていたのは死んだ生徒の携帯のみ」

「じゃあ、四人の少年は、名倉君が死んでから、意図的に消去したということですね」

また小西が黙る。脇にいた駒田が割って入った。

「そこまでは取り調べが進んでないから、まだ話せないなあ。ただ、これで逮捕に踏み切った事情は察していただきたい。少年相手だけに、我々も思い切った判断を迫られたんだよね。君らも数年前のプール溺死事件が頭に浮かんだと思うけど、我々も真っ先にそれを思い出した。

あの事件の轍を踏んではならない。そういうことだな」

それだけ言うと駒田と小西は踵《きびす》を返し、廊下を歩き出した。記者たちが団子になってついて行くが、以降は口を開かない。エレベーターの前まで来たところで「今日はこれまでです」と島本が割って入り、人の輪がほどけた。

各記者が携帯電話を手にし、それぞれの支局に一斉に報告を行った。高村はデスクに会見のあらましを伝えると、学校側の二度目の会見があるかもしれないので、署で待機せよとの指示を受けた。

事件が風雲急を告げたことに高村は興奮を覚えた。夕方のニュース番組もトップ項目だろう。頭の中で記事の書き出しを考えた。一面記事になるなら、記者になって初めての経験だ。ブラウスの下が汗ばんでいた。窓の外では雨が降りそぼっている。

4

検事の橋本英樹《はしもとひでき》が起床したのは午前六時過ぎだった。目覚まし時計はいつも七時にセットしてあるが、それより前に目が覚めた。管轄内で目立った事件事故があったときはいつもこうだった。朝刊に何が書いてあるかが気になって、自然と早起きしてしまうのだ。

玄関まで新聞を取りに行き、下着姿のまま、ダイニングのテーブルに地元紙を広げた。案の定一面だった。《中2生徒を逮捕》という大きな見出しが目に飛び込む。真っ先に思ったのは、自分にお鉢が回ってくるのだろうかということだった。やりたいような、やりたくないような、どっちつかずの気持ちだ。

ざっと目を通すと、記事は死んだ少年、名倉祐一が同級生グループから日常的ないじめに遭っていて、体に暴行を受けたと思われる痕が残っていたため、日頃行動を共にする四名の生徒から任意に事情聴取したところ、暴行を認めたため、十四歳の生徒二名を傷害容疑で逮捕し、十三歳の生徒二名を児童相談所に送致したという内容だった。名倉祐一の死体が校庭で発見されたこととのつながりについては、「関連を慎重に捜査中」とだけ書かれていた。囲み記事では、少年法についての簡単な解説もあった。

ゆうべは出張先から官舎に直帰したため、詳細については情報を得ていなかった。検察に相談があったかどうかも知らない。それにしてもいきなり逮捕とは、警察も思い切ったことをしたものだ——。橋本はそう胸の中でつぶやき、冷蔵庫からトマトジュースを取り出し、缶を開けて飲んだ。口を拭って窓の外を見ると、薄暗い空から雨が落ちていた。天気予報では、終日降ったりやんだりとのことだ。今日もじめじめとした一日になりそうだ。

橋本は二十八歳で独身の検事だった。任官後、東京地検での集合教育と京都地検での一年間の見習い期間を経て、「新任明け」としてこの北関東にある地方検察庁に赴任した。検事正、次席検事を除くと、検事は七人しかおらず、そのため窃盗事件から覚醒剤事件の取り調べまでしなければならない。支部に応援で駆り出されることも日常である。さらには読まなくてはならない資料が日々積み重なる。だから休日などないに等しい。もう半月、休んでいなかった。

時間が早かったが、顔を洗い、支度をして官舎を出た。地検までは歩いて行ける距離だ。途中のコンビニでサンドウィッチとサラダと牛乳を買った。毎朝の日課だ。検事になってから、自炊したことはない。通用口から入り、初老の警備員と挨拶を交わし、自分の個室ではなく事務フロアに入った。まだ誰も登庁していなかった。応接セットのソファに腰を下ろし、脇のテレビをつけた。朝のニュースを流しながら、テーブルで新聞の全国紙を広げる。

ここでも扱いは大きかった。社会面はトップ記事で、現場となった校庭の写真も掲載されている。問題の部室棟と、それに覆い被《かぶ》さるように佇《たたず》む銀杏《いちょう》の木の写真だ。昨日の新聞では、「部室棟の屋根から転落か」というニュアンスで報じられていたが、警察が同じ中学の生徒を逮捕したということは、ただの転落事故ではないと踏んだからにほかならない。警察はどんな証拠をつかんだというのか。橋本が一番気になるのはその点だ。

朝食は五分で食べ終えた。任官以来、早食いが習慣になってしまった。

午前八時、次席検事の伊東《いとう》が登庁した。「橋本。早いな」廊下から顔をのぞかせると、自室には向かわず、橋本のほうに歩いてきた。太っちょの汗かきで、朝からハンカチで首筋の汗を拭いている。ソファ正面に腰を下ろし、「おまえ、やりたいか、これ」と、テーブルの新聞を顎で指した。

橋本の返事を待たず、一方的に話を続ける。

「どうやら警察は殺人罪での起訴を狙ってるみたいだな。殺害の意図が立証できなくても、未必の故意だ。新聞には書いてないが、死んだ少年のてのひら及び衣服には、銀杏の木の樹皮が付着していたそうだ。つまり名倉祐一は、部室棟の屋根から転落したわけではない。銀杏の木の枝からだ。じゃあ、どうして屋根から木の枝に飛び移ったかという話になるが、まさか誰もいないところで自分からそんな危険行為をしたわけはなかろう。つまり仲間と一緒にいて、仲間の少年たちから強要されて、飛び移った可能性が高い。で、落ちた――。名倉祐一は溝に頭を打ち付け、血まみれになった。恐る恐るのぞくと、死んでいる。少年たちは怖くなって逃げた」

「取り調べでそう吐いたんですか？」

「さあ、わからん。こっちには相談なしの逮捕だ。ゆうべ、刑事部長から電話で事後報告はあったがな」

「何を言ってました？」

「ただの挨拶だ。身柄事件になったのでひとつよろしくって……」

伊東は事務員が入れた冷えた麦茶を一息で飲み干し、「おかわり」とコップを頭上で振った。

裁判所の逮捕状発付により犯人を逮捕するのは、第一次捜査権を持つ警察の判断だけで可能であり、検察に相談する必要はない。ただ、傷害容疑というのはあくまでも別件で、その先があるとなると、検察としては事前にひとこと欲しいところである。

「警察もいろいろ苦慮しているようだ。在宅だと子供たちに口裏を合わせられるし、外野も割り込んでくる。親だって守りたい一心だろう。逮捕された二人のうちの一人、藤田何某《なにがし》という生徒は県会議員の富山誠一の孫だってよ。そりゃあ、先手を打とうって気はわかる」

「富山誠一って？」

「おまえさんは知らんだろうが、県議会の古株だ。地元財界に顔が利くらしくて、ちょっとした地域のボスだ。孫が逮捕されたとなりゃあお家の一大事だ。黙って見てることはないだろう」

「なるほど、そうですか。で、明日には送致されてくると……」

「この事案は、おまえさんに担当してもらおうと思ってるんだがな」

伊東はソファにもたれると、短い足を組んで言った。

「ぼくがですか？」

橋本は思わず聞き返した。マスコミが注目する重要事案は、普通ならベテラン検事に割り振られる。もっとも地検は、常に人手不足なのだが。

「大変だろうが、やってみろ。もちろん相談には乗る。新任明けだからって遠慮することはない。警察でも議員でも、堂々と渡り合えばいいじゃないか」

「いいんですか？」

「ああ。おまえが適任なんだ。逮捕された二名は十四歳だろう。父親みたいなおっさんよりは、歳《とし》の近い人間が相手をしたほうがいい。ここで二十代はおまえだけだ」

「わかりました」

答えながら身震いした。若さを買われ、任されたことが何よりうれしい。

「どういう少年たちかは知らんが、非行歴はないようだし、まずは落ち着かせ、心を開かせることが肝心だ。いきなり怒鳴りつけるなんて真似《まね》はやめておけよ」

「もちろんです。ありがとうございます」

橋本は立ち上がって頭を下げた。伊東が苦笑している。早速今日にでも現場を見ておこうと思った。新聞の写真で見た銀杏の木は、すでに瞼《まぶた》に焼き付いている。

飯島浩志は、生徒の逮捕に大きなショックを受けていた。昨夜はほとんど眠れなかったし、一夜明けた今日も神経は鋭敏なままである。ちょっとした物音にも全身で反応した。食べ物もまるで受け付けず、水ばかり飲んでいる。

心配した妻がお粥《かゆ》を作ってくれ、朝はそれを食べて登校した。今日は通常の授業を行わなければならない。二日続けて授業中止には出来ないという校長の判断だ。果たして無事に務まるかまるで自信がなかった。

今日も当初は全校集会を行う予定だったが、昨夜遅くになって中止すると校長が決めた。生徒から逮捕者が出た事実は、二年生の学年のみ、担任から各クラスに伝えるようにと、昨夜のうちに指示された。まだ容疑者の段階で、しかも容疑が傷害であるという理由からだ。少年法の精神に照らし合わせても、学校としては、生徒を特定するような行為は避けなくてはならない。これが別件逮捕であることは、飯島たちにも理解できた。自分たちは推移を見守るしかない。

職員室では、テニス部顧問の後藤が待ち構えていて、「飯島先生は、朝のホームルームで生徒たちになんて言います？」と聞いてきた。

「事実関係だけ話して、あとは落ち着くように言うさ。まだ事実はわかっていないんだから、みんなは無責任な噂《うわさ》を立てないように。そんなところじゃないのかな。ほかに思いつかないよ」飯島が答える。

「ぼくは事件に触れなくてもいいんですかね」後藤は一年生の担任

だ。

「校長先生の指示なんだから従うしかないだろう」

「でも、ネットではもう実名も顔写真も流れてるんですよ」

「えっ」飯島は驚いて、椅子から腰を浮かせた。正面の女教師と目が合う。「飯島先生、知らなかったんですか」興味津々の顔つきで話に加わった。

「もうゆうべのうちからですよ。四人とも、自宅住所と親の勤務先までネットの掲示板にさらされてます」

「親の勤務先まで？　いったい誰が……」

「在校生か、卒業生か、父兄か、とにかく身近な人間でしょう。顔写真まで手に入れられるってことは。必ずいるんですよ、そういう愉快犯が。たぶん生徒はみんな知ってると思う。こういう情報はあっという間に駆け巡るから」

女教師はそう言って憤慨したが、騒動に高揚している様子もあった。

「あれはひどいね」「ネットって暴力よ」「早く削除してもらわないと」

話を聞いていた何人かの教師が、口々に言った。

なんということか――。飯島は坂井瑛介と市川健太のことを思い、背筋が寒くなった。一刻も早く削除してもらわなければ。さらには、昨日会った坂井瑛介の母親の顔も浮かんだ。あの母親の勤務先まで流れているとしたら、それはほとんどリンチだ。

「校長先生は知ってるんですか」

「もちろん。ゆうべのうちに教育委員会と協議し、警察にも通報しているはず」

「いつ削除されるんですか」

「さあ、そういうの、よくわからないから」女教師が首をかしげる。

「仮に掲示板の管理人に削除させても、コピーされて回ったりするから、完全に消すのは難しいんじゃないですかね」後藤が暗い表情で言った。

飯島は、若い割にはネット世界に不案内だった。匿名の誹謗《ひぼう》中傷など知りたくないのだ。確認するべきかどうか、パソコンに目をやり迷っていると、ほかの教師から「見ないほうがいいよ」と忠告された。

「気が滅入《めい》るだけだから。実は今朝方、ちょこっと見て気分が悪くなった。どうせ我々に有益な情報など何ひとつないし」

「そうですね」

もっともな意見なので従うことにした。

ネットの件を知ったら、ますます憂鬱になった。それについても、生徒たちに注意するべきだろうか。かえって寝た子を起こすことになりかねず、自分では判断がつかない。

始業時間が近づいたところで校長、教頭、学年主任の中村が校長室から出てきた。校長はかなりまいっている様子に見えた。ひとつしわぶいて職員朝礼を始める。

「みなさん、今日も長い一日になりそうですが、よろしくお願いします。昨夜も話した通り、今日からは通常授業とします。とくに集会も行いません。本校の生徒から逮捕者が出たことについては、二年生の学年のみ、各担任から生徒に知らせてください。その際、容疑は傷害罪のみであることを、誤解が生じないよう説明してください。また、インターネットの掲示板については、無責任な情報を信じないように注意をしてください。見るなと言っても生徒たちは見ます。閲覧を阻止できない以上、教師の側から根拠のない噂や誹謗中傷を打ち消していきましょう」

校長は簡潔に指示を出すと、午前中は市と県の教育委員会に出向かなければならないので留守にすると告げ、そそくさと退室した。教頭が職員朝礼を引き継ぐ。主に今夜開かれる名倉祐一の通夜に関しての注意事項だった。

「出席するのは、二年生の担任全員。生徒は二年B組、テニス部全員。ただし強制ではありません。生徒には、友だちとの最後のお別れだから、なるべく参列して欲しいと伝えてください。場所は斎覚寺。正門横に広い駐車場があるので、そこに午後六時に集合して、列を組んで入ってください。生徒の服装は通常の夏用制服。着崩している生徒については、ちゃんと指導すること……」

教頭も顔色がすぐれなかった。おまけに、風邪でもひいたのか鼻声だ。最後は中村が前に出た。

「わたしからもひとつ――。本日の通夜と明日の告別式、本校から受付の手伝いを出しましょうと申し入れたところ、名倉家に断られました。名倉君のご両親はかなりナーバスになっておられるようで、昨日、逮捕者が出たあと、わたしが自宅へ報告に伺ったところ、どうして学校はいじめを放置したのかと、かなり激しくなじられました。とくに母親は、床に伏していたのですが、そのときは起きてきて、わたしに物を投げつけるほどの怒りようでした。もちろん、気持ちはわかります。子供を亡くしたわけですから、親なら誰だって取り乱すでしょう。もしかすると今夜、通夜の席で、何か言われるかもしれませんが、そのときは一切の発言を控えてください。名誉を傷つけられるようなことがあっても、耐えてください。迂闊《うかつ》な謝罪もしないでください。いじめがあったのか、なかったのか、それが名倉君の死とどうつながるのか、まだ何もわかってはいません。今はただ哀悼の意を示すにとどめてください。それはマスコミの取材に対しても同様で……」

中村の指示は具体的かつ的確だった。職員の間でも、危機管理は中村に任せたほうがよさそうだという空気が出来上がりつつある。

すでに学校の周辺では、マスコミが登校する生徒をつかまえて聞き込み取材をしていた。その対策も考えなくてはならない。

職員朝礼が終わると、当事者生徒を受け持つ担任教師を中村が呼んだ。飯島を含めた数人が集まる。中村は、「授業が無理なら自習にしてもいいから」と穏やかに言った。真っ先に名倉祐一の担任、清水華子が、「そうさせてもらいます」と申し出た。彼女は昨日遅くまで、警察から事情聴取されていた。

飯島も自習にしたかったが、さりとて時間の過ごしようもなく、授業を行うことにした。一人でいたら、悪いことばかり考えてしまいそうだ。

午前八時半になり、チャイムが鳴った。まずは朝のショートホームルームである。飯島は大きく深呼吸して、職員室を出た。廊下を歩くと、おしゃべりしていた生徒たちが、蜘蛛《くも》の子を散らすように教室へと駆け込む。二年A組の前に立ち、腹に力を込め、自分に言い聞かせた。教師がうろたえていては、生徒が不安がる。

顔を上げて教室に入った。生徒たちが一瞬にして静まり返る。当番が「起立」と号令をかける。椅子を引く音が響き渡った。さすがにいつもとは様子がちがい、全員が硬い表情をしていた。

「おはようございます」挨拶の声も元気がない。

「おはよう」飯島は平静を装った。生徒たちは着席し、担任教師が何を言うかを待ち構えている。

「みんな、話を聞いてくれ。新聞やテレビのニュースでもう知っていると思うが、昨日、うちのクラスの坂井が警察に逮捕された。同じく市川が補導され、こちらは児童相談所というところに保護された。どうして扱いがちがうかというと、それは年齢によって処分がちがうからだ。十四歳になると、法に触れた場合、誰であろうと逮捕される。十三歳だと逮捕はされない。日本はそういう法律になっている。だから、坂井だけ傷害容疑で逮捕された。傷害容疑というのは、平たく言えば、B組の名倉祐一君にケガを負わせた疑いだ。ただし、これは容疑に過ぎない。これから取り調べが進み、起訴されれば裁判が始まる。先生が何を言いたいかというと、逮捕や補導はされたが、まだ何もわかってはいないし、決まってもいないということだ。疑いが晴れて、明日登校してくることだってありうる。だからみんなは、無責任な噂を立てたり、詮索しないようにしてほしい。同じクラスメートだ。まずは信じようじゃないか」

飯島の言葉を、生徒たちは神妙な顔つきで聞いていた。市川と坂井はクラスの人気者だけに、余計にショックが大きいようだ。

「それから先生は見ていないが、今回の出来事に関して、ネットの掲示板にいろいろいやなことが書き込まれているらしい。この中にも、見た者はいるだろう。特定の人物を名指しした、ひどい悪口のようだ。もちろん学校はこれを見逃さない。今、校長先生と教育委員会が警察と協議して、削除の要求をしようとしているところです。君らは、ネット上を飛び交う噂話や人の悪口に興味津々かもしれないが、もしも人を思いやる心があるのなら、今後は見ることを拒否してほしい。他人の不幸は蜜の味という言葉があるが、どうか君らはそういうことをよろこぶ人間であってほしくない。人の痛みを想像する人間であってほしい」

話していたら、自分も少し落ち着いてきた。飯島は言葉の力を痛感した。

「授業は予定通り行われる。期末テストも実施日に変更はない。しばらくは周りが騒がしいかもしれないが、君らはそれについて何も出来ないのだから、気持ちを切り替えて、勉強に集中すること。何か質問はあるか？」

クラスを見渡す。クラス委員の安藤朋美《あんどうともみ》が遠慮がちに手を挙げた。

「先生。授業のノートを取って、坂井君と市川君に届けられますか」

「どうかな、わからない。でも警察に頼んでみよう。中学生の本分は勉強だし、断られることはないと思う」

安藤朋美がほっとしている。勉強ができてよく気がつく、クラスの世話役的な存在だ。このやりとりに教室の空気も緩んだ。

飯島は、生徒からそういう提案が出たことがうれしかった。中学生は生意気も言うが、一方では真っ直《まっす》ぐだ。友情も正義も信じている。授業をできそうな気がした。もちろん、不安を抱えたままなのだが。

四時限目の授業が終わったとき、飯島に来客があった。検事だという。起訴と求刑をする人というイメージしかなかったので、突然の訪問に戸惑った。

「地検の橋本と申します。いきなり押しかけてすいません。昼休みの間しか時間が取れなかったもので……。飯島先生が第一発見者だと聞きまして、ちょっとお話を……」

童顔の若い検事だった。もしかすると自分より年下かもしれない。

「二十分で結構です。わたしも午後に公判があって、すぐに戻らなければならないんです。まずは現場に案内してもらえませんか」

腰が低く、言葉遣いも丁寧だった。白い半袖シャツに綿のパンツ、ぼさぼさの髪が素朴な印象を与える。

「それはかまいませんが、警察とは別に、ということですか」飯島が聞いた。

「明日には送検されてくるので下準備です。少年相手だと勾留請求をあまりあてにできないんで、この先は時間との闘いになるんです」

「あの、ちょっと事情がつかめないんですが……」

「ああ、失礼。一般の方にはわからない話ですよね。検察も捜査をするんです。警察とは一体です」

よくわからないので、飯島は曖昧にうなずいた。ともあれ断る理由も見つからないので、要求に応じ、死体の発見現場に案内した。橋本は驚くような速足で進むので、歩調を合わせるのに苦労した。朝方ぱらついていた雨が、今はやんでいた。

「なるほど、これが銀杏の木ですか。ずいぶん立派ですねえ」橋本が真下まで行き、木の幹を手で叩《たた》いた。「ふんふん」と一人うなずきながら、周囲を見回している。

「で、名倉祐一君は、部室棟の屋根から飛び移り、枝から落下したわけですね」

「いや、それはわたしには……」

飯島は返事に詰まった。警察と検察はそういう見方をしているのだろうか。自分たちは何も知らされていない。

「この学校の男子生徒の間では、この木に飛び移ることが度胸試しなんですか」

「ええと……、そうかもしれません」

「先生は、誰かが飛び移るのを見たことはありますか」

「いいえ。直接はありません」

「禁止されていたとか」

「ええ、一応は……」

「全校生徒に向けて注意したことは？」

「それはありません」

「じゃあ放置されていたわけですね」

「いや、放置と言われると……」

「でも、知っていて、防止策を取らなかった」

「そう言われれば、そうですが……」

飯島は、矢継ぎ早の質問に少したじろいだ。

「部室棟のほうも見せてもらえますか」

「はい、結構です」

橋本がまた速足で進む。一分一秒が惜しいといった様子だ。部室棟の階段を駆け上がり、外廊下の突き当たりから屋根を見上げた。

「生徒たちは、屋根にはどうやって上ってるんですか？」

「手摺《てすり》に乗って、隅の柱を伝って上ってます。これは何度か目撃して、注意したことがあります」

「なるほど。ぼくも上れるかな」

橋本が手摺に乗った。身は軽そうだ。柱に手を添えて立ち上がり、屋根の端に手をかけた。足場を確認し、ジャンプする。むささびのように一気によじ登った。

「おお、いい眺めだ」そんな声が上から届く。ミシミシとトタン屋根を歩く音。「これなら小学生でも上がれるかな。先生もどうですか」

明るく言った。

「わたしも上がるんですか」

「ご無理なら結構」

「いや、上がります」

飯島はサンダル履きだったので、恐る恐る屋根にはい上がった。上がるのは初めてだ。蒸し暑いので、少しの運動で汗だくになった。

「銀杏の木に飛び移るのは、さほどむずかしいことではなさそうですね。要するに度胸試しだ。落ちたら、着地したとしても、足の骨にひびぐらい入るのかな。ここの高さはわかりますか」

橋本が屋根の上から下をのぞいて言った。

「さあ、五メートル以上はあるでしょうか」

「ちなみに今回の事件、飯島先生の心証は？」

飯島は返事に詰まった。滅多なことは言いたくない。「……事件なんですか？」

「ああ失礼。じゃあ事案と言い換えます」

「わかりません」

「職員室は今、どんな様子ですか」

「暗いです。緊張してます」

「そうでしょうね。わかります」

橋本が三角屋根のてっぺんで、腰に手を当て、仁王立ちした。その姿勢のまま十秒ほど考え込んだのち、腕時計を見て「おっと、もう時間だ」と動き出した。行動のすべてがせわしない。

「じゃあ、飯島先生。ここで失礼します」

橋本は一人でさっさと屋根を下りると、校門横の駐車場へと駆けていった。その背中を、飯島は呆気《あっけ》にとられて眺めている。

つむじ風が吹き抜けたような慌ただしさだった。


逮捕された少年二名の取り調べは、刑事課長の古田と、生活安全課少年係の係長がそれぞれ担当することになった。逮捕当初は、歳が近いほうが心を開きやすいのではとの意見があり、豊川康平も候補に上がっていたが、四十八時間で自供を引き出し、送検しなくてはならないという状況下、やはりベテランに当たらせるのがいいだろうと幹部が判断し、豊川は地取り班に回った。一番欲しいのは、目撃情報である。ほかにも班が組まれ、生徒からの聞き取りを再度行うことになった。

署内の空気は張りつめていた。通常なら任意で慎重に取り調べるところを、口裏合わせと外野からの妨害を危惧し、「身柄事件」にしたのである。これで自供が引き出せなければ検察に合わせる顔がない。前科もない少年の傷害罪だけとなれば、検察はほぼ百パーセント不起訴処分にするはずだ。

逮捕後、地検には県警本部の刑事部長自らが挨拶を入れていた。ただ地検としては、事前に相談して欲しかったところだろう。少年事件でマスコミが注目しているだけに、無理な取り調べはできない。

逮捕された生徒二名のうち、藤田一輝に関しては、早速祖父の県議、富山誠一が県警本部に乗り込んできたらしい。刑事部長の頭を越え、本部長に面会を求めたが、応じなかったようだ。警視庁から来たエリート官僚にとっては、地方の県議など畏《おそ》れるほどの相手ではない。ただしこの先、あらゆる手段を使って釈放を求めてくる可能性は高く、予断は許されなかった。現に、朝一番で弁護士が接見に乗り込んできたらしい。

豊川は石井と組んで、事件当日、現場から立ち去った四人のうちの一人、坂井瑛介の足取りの証拠集めをすることとなった。手元には、本人から聞き出した下校通路をなぞった地図がある。校門横の空き地に車を停《と》め、二人で歩いた。

「今朝来た弁護士、東京から駆けつけたそうですね。しかもヤメ検」

石井が憂鬱そうに言った。ヤメ検とは、検事から転身した弁護士のことだ。

「誰であろうと、こっちは証拠集めをするだけだ」

豊川はそう答えたが、確かに手ごわそうである。

「県議のじいさん、孫を救うのに必死なんだろうなあ。小耳にはさんだんですが、県知事にまで不当逮捕だって訴えてるらしいですよ」

「ふん。勝手にやらせておけ」

「その弁護士、孫の藤田一輝だけじゃなく、もう一人の坂井瑛介も担当するそうじゃないですか」

「坂井瑛介っていうのは母子家庭のほうだろう。じゃあ費用も富山が負担するのかな。一元化したほうがやりやすいってことなんじゃないのか」

「嫌な予感がするなあ……」

「そういうことを言うな」

豊川が顔をしかめて言う。ただ、内心では同じ思いがあった。桑畑市を含むこの地方は、昔から地縁血縁がものをいう土地柄で、常に理屈や正義は後回しにされた。だいたいがナアナアで済ませられる。示談が多いのは助かるが、親戚・知人を介した交通違反のもみ消し依頼は日常で、警察官の大いなる悩みの種だった。議員などは、自宅前の一方通行を変えろとまで言ってくる。

校門から五分ほど歩いたところで、コンビニを見つけた。まだ真新しい建物だ。中に入り、レジのアルバイト店員に警察手帳を提示し、店主はいるかと聞いたら、不在だが住居はすぐ裏だと言うので電話で呼び出してもらった。

五十がらみの、人がよさそうな中年男が小走りで駆けつける。容疑者の足取り捜査で防犯カメラの映像を見せて欲しいと申し込むと、戸惑いつつも丁寧な態度でバックヤードに案内してくれた。商品入り段ボールが山と積まれた空間だ。

店主に対して豊川は、この証拠集めが桑畑二中で起きた死亡事故の件であると説明した。すると店主は見る見る表情を暗くした。

「何か心当たりでも？」

「いえ、二中の子たちには毎日利用してもらってるんで、今回の件はちょっとショックというか……」

「死んだ生徒は知ってましたか」

「新聞を見て、ああ、あの子かってわかりましたけど」

「よく買い物に来てたんですか」

「そうですねえ……。中学は下校時の買い食いが禁止されているんですが、たまにジュースを買ったり、マンガを買ったりしてたのは憶《おぼ》えてます」

「いつも誰といましたか」

「一人だったり、友だちと一緒だったり……」

「何か印象に残るようなことはありませんでしたか。たとえば、誰かの使い走りをさせられているとか……」

「さあ、どうですかねえ。あとでアルバイトに聞いてみますけど……」

店主が首をひねり、言葉を濁した。迂闊なことは言いたくないといった様子である。被害者も、加害者も、その家族も、地元住民はコンビニの客だ。

店主がパイプ椅子を広げ、防犯モニター機器の前に腰を下ろした。豊川と石井が両脇に立ち、のぞき込む形だ。最新のモニター画面は四分割されており、そのひとつに、入り口を店内から映したアングルがあった。ガラスの向こうに、駐車スペースをはさんで、通りが映っている。

「すいません。これを拡大してください」

豊川が指差すと店主がスイッチを押し、リクエストした画面がアップになった。

「じゃあ、日時を言うので、そのときの映像を再生してください」

「ええと、ちょっと待ってくださいね」

店主は機械が苦手のようで、取扱説明書を取り出し、ページをめくりながら操作した。五分ほどして、七月一日午後三時の映像を呼び出すことができた。早送りをしてもらう。通行人があるたびに画像を静止させ、人物をチェックした。少年たちの供述によると、彼ら四人は名倉祐一を一人残して午後三時四十分に学校を出て、うち三人でこのコンビニの前を通ったことになっていた。

しばらく見ていると、制服を着た男子中学生らしき人影が映った。

二人連れだった。変わった様子もなく、普通に歩いている。ポーズ機能で静止画像にしてもらい、豊川と石井が身を乗り出してのぞき込んだ。

「この背の高いの、坂井瑛介でしょう」と石井。

「ああ、そんな感じだな。もう一人は誰だ」豊川がさらに顔を近づけた。

「誰ですかね。家の方角からして市川健太か、金子修斗になりますが」

「小柄な身長からすると金子かな」

「じゃあ市川がいませんね。供述では三人で加賀神社前の四つ辻《つじ》まで一緒に帰ったことになってますが」

「もう少し見てみよう」

店主に指示して、再生を続けてもらった。一分経《た》っても二分経っても、後続の人影は現れない。

「どういうことだ？」

「供述はうそだってことでしょう。市川健太がいません。三人一緒じゃなかったんです」

豊川と石井は、さらにモニター画面を見続けた。ときおり通行人はあるが、中学生のものではない。およそ十分後、人影が画面を右から左へ走り抜けた。

「そこ、ストップ」豊川が店主に指示した。「今の人影、巻き戻してもう一度お願いします」

制服を着た中学生だった。

「コマ送りにできますか」

「ええと……」店主がまた取扱説明書のページをめくりだしたので、豊川が椅子を替わってもらい、操作した。石井と二人で凝視する。

「市川健太ですね。間違いないでしょう」石井が手元の写真と見比べ、鼻の穴を広げて吐き捨てた。「ガキどもめ。何が三人一緒に校門を出ただ。早くもほころびが出始めたぞ」

「どういうことかな。学校を遅れて出て、坂井と金子を追いかけたのかな」

「それにしては泡を食って走ってる感じに見えますが」

映像では、表情こそ確認できないが、市川健太が何かから逃れるように全力で走っているふうにも見えた。

豊川はコマ送り映像を再度見ながら、しばし考え込んだ。市川は十分遅れでコンビニ前を通過した。しかも走って。これはいったい何を意味するのか。

「ご主人、この映像を警察に提供願えませんか」うしろで石井が申し込んでいた。

「ええと、いいですけど、わたしは機械音痴で……」

「レコーダー本体をお借りしてうちでＤＶＤに焼きます。あとで借用の書類にサインをしてもらうことになりますので、ひとつよろしく」

「はあ……」

店主は終始困惑気味だった。小さな町で事件が起き、刑事が聞き込みに来るなどとは、思いもよらなかった様子だ。

「よし、早速課長に報告だな」

豊川が立ち上がる。早くも当たりがあったことに、気持ちの昂《たか》ぶりを覚えた。こうやって、容疑者が歩いた経路にあるすべての防犯カメラ映像を検証する。地道な作業だが、警察にとっては民間が任意で残してくれるありがたい証拠品だ。店舗、集合住宅、工場、あらゆる建物に防犯カメラがあり、通りを撮影している。携帯電話のＧＰＳ機能も加わり、日本はとっくに高度な監視社会なのだ。

バックヤードから店内に戻り、アルバイト店員に聞き込みをすると、放課後、テニスウェアを着た男子生徒が、しばしばスポーツドリンクやスナック菓子を買いに来ていたとの証言があっさりと得られた。

「死んだ子かどうかは知りませんが、小柄な中学生が、いつもポカリスエットを五、六本買って行きました」

「日時はわかるかな」豊川が聞く。

「レジ記録を見ればわかります。パソコンにつながってるんで、検索すればすぐに調べられます」

それには店主が答えた。

「じゃあ早速お願いします」

豊川はまだ三十歳なのに、世の中の変わりように驚くばかりだった。どうりで年配の刑事が「コンピュータはわからん」と頭を抱えるわけである。

市川恵子は、今朝、夫の茂之と喧嘩《けんか》をした。息子が児童相談所に送られたというのに、自分は会社へ行くと言うからだ。工場のラインを動かすためにはどうしても自分が行って指示を出さねばならないらしい。我が家の一大事にも会社を優先させるのかと恵子がなじると、「仕事なんだから仕方がないじゃないか」と怒気を含んだ声で言い返した。

「それに昨日は早引けして駆けつけただろう。二日続けて抜けると、現場に迷惑がかかるんだ。健太が警察に逮捕されたとかならともかく、児童相談所じゃないか。用が済めばすぐに帰してもらえるさ。二人で家にいたって、何も解決しないぞ」

茂之は恵子の目を見ず、身支度を済ませると、七時半にはそそくさと家を出て行った。

恵子は、茂之の振る舞いに腹が立った。こういうとき、家族のそばにいるのが夫の役目なのではないか。ゆうべだって、健太が家からいなくなり動揺している娘の友紀に、ちゃんとした事情を説明することなく、ただ「大丈夫、心配するな」と繰り返すだけだった。小六になればニュースだって町の噂だって耳に入る。こういうときこそ父親らしく、膝を突き合わせ、この先起きるかもしれない事態に備え、心の支えとなるような言葉をかけて欲しかった。お兄ちゃんを信じろと言って欲しかった。逃げたな、という思いが恵子の中にはあった。初めて経験する家族の危機に、茂之は逃げたのだ。

昨日の午後、健太が児童相談所に送られたという電話が警察から入り、パニックに陥った。恵子は児童相談所がどういうところかを知らなかった。だから最初は少年院のようなものかと思い、全身がガタガタと震えたのだ。電話の主は昼前にも携帯電話提出の件で電話してきた桑畑署の古田課長で、十三歳は逮捕されないし罪にも問われないから心配しなくていい、ただし三日ほど児童相談所内の一時保護所に身柄を置きたいので了解してもらえないかということを、丁寧な口調で言った。恵子は事態をまったく理解できず、聞く一方だった。自分では対処しきれないと思い、返事を保留にして一度切り、勤務中の茂之の携帯に電話をかけ、すぐに帰ってくれるよう頼んだ。茂之は「落ち着け」と何度も繰り返したが、自分もあわてたらしく、「どこの病院だ」などと頓珍漢なことを口走っていた。

警察には午後四時を過ぎてから、夫だけが事情を聴きに行った。友紀が学校から帰ってきたので、娘一人を家に置いては出られなかったのだ。その間、恵子は中学校に連絡し、坂井瑛介とともに藤田一輝が警察に逮捕されたことを知らされた。二人は十四歳になっていたので、逮捕されたという。ますます混乱した。いったい息子たちは何をしでかしたのか。瑛介君の母親に電話で確認しようかと思ったが、嫌な予感がしてやめた。きっと自分以上に恐慌をきたしているにちがいない。

何も手に着かないので、夕食は冷凍のチキンライスを温め、卵にくるみ、オムライスにして友紀に食べさせた。恵子自身は牛乳すら喉を通らなかった。テレビのニュースは怖くて見られなかった。もしも健太たちのことが流れたら、自分は卒倒してしまうだろう。

茂之は午後七時頃、一人で帰ってきた。「どうだったの」「健太は」と矢継ぎ早に問う恵子を制し、友紀を二階に行かせ、夫婦で話をした。茂之の報告は、要約すると以下のようなものだ。

名倉祐一に対する暴力行為が疑われたので、いつも行動を共にしている四人から事情聴取をしたところ、全員が認めたので、警察は十四歳の坂井瑛介と藤田一輝を傷害容疑で逮捕し、十三歳の市川健太と金子修斗を児童相談所送りとした。逮捕した二名は今後警察の取り調べがあり、送検され、地検でも取り調べを受け、起訴するかどうかが決められる。十三歳の二名に関しては、法律により、逮捕も取り調べも出来ない。従って親元に帰してもいいのだが、逮捕された生徒とのバランスを考えて、三日間は児童相談所で預からせて欲しい。宿泊施設はあるので心配する必要はない。その間、警察が取り調べをするときは、ケースワーカーと相談して行われる。原則として保護者との面会は認められない。差し入れも当面は遠慮して欲しい――。

恵子にはわからないことだらけだった。一番知りたいのは、名倉祐一の死にうちの息子がかかわっているのかということだが、茂之の説明では、警察はその件には一切触れなかったそうだ。そして、十三歳なら逮捕されないということは、健太は年齢により逮捕を免れたのだろうか。だとしたら誕生日の都合だけで逮捕された瑛介君の母親はたまったものではない。

印象として、茂之は警察に言いくるめられて帰ってきたような感があった。「悪いようにはされない」「三日で帰ってくる」と、まるで警察側の人間であるかのように恵子をなだめるのである。それから、茂之は一時保護を認めるという児童相談所の書類にサインをしてきたらしい。それを警察署で行うというのは、果たして理屈が通っているのか。こちらの無知につけ込まれ、理不尽な目に遭っているような気がしてならないのである。

茂之が強調したのは、これが済めば健太は確実に帰ってくるし、以後は普通に暮らせるということだった。声を潜め、不穏当なことも言った。

「健太が十三歳でよかったぞ。誕生日が数カ月ちがうだけで、逮捕されたり、放免されたりするんだからな。これって天国と地獄だろう。うちは運がよかったんだよ」

それはつまり、十四歳なら罪に問われることを健太がしでかしたということなのか。息子を信じている恵子には、慰めどころかショックでしかない。

茂之は健太に会ってもこなかった。もっと強く面会を求めれば、警察だって拒否は出来ないと思うのだが、「今日のところはこちらに任せて欲しい」と言われ、すごすごと引き上げてきた。まったく男は権力に弱い。恵子は結婚して初めて夫に失望した。

茂之が出勤してすぐ、友紀が二階から降りてきた。いつもは明るい娘が、暗い表情で朝食をもそもそと口に運んでいる。このまま学校にはやれないと思い、恵子は我が家に起きている事態を、なるべく柔らかい言葉で説明することにした。

「ねえ友紀。お兄ちゃんの友だちの名倉君が死んだでしょう。そのことと関係があるのかわからないけど、どうやらお兄ちゃん、名倉君にケガを負わせたらしくて、それでゆうべは児童相談所というところに泊まったの。でもね、お兄ちゃんは悪いことをする子じゃないから、友紀は心配しないように。お兄ちゃん、明後日《あさって》には帰ってくるんだって。そのあとはずっとうちにいるし、いつも通り学校に行くし、うちは変わりなし。もしかしたら、学校で何か言う子がいるかもしれないけど、無視すればいいからね」

そう言いながら、友紀の担任にも事情を説明しておいたほうがいい気がしてきた。友紀の担任は、恵子から見ると学生のような二十代の女性教師だ。果たしてちゃんと娘を守ってくれるのか。経験が浅いから、こっちも心配だ。

「とにかく友紀はいつも通りにしていること。いつものように勉強して、友だちと遊んで、帰ってくればいいから」

母親の言葉に、友紀は黙ってうなずいた。疑問はたくさんあっても、何を聞いていいかわからないのだろう。こういうとき、子供はあくまで受け身なのだ。

友紀を送り出すと、早速小学校に電話をした。担任の教師はすでに登校していて、電話口に出た。恵子は「すでにご存じかも知れませんが」と前置きし、ニュースにもなった二中の死亡事故の件で、友紀の兄が児童相談所にいることをかいつまんで説明した。もちろん息子は粗暴な人間などではなく、何かの間違いだということも付け足した。そしてその件で、娘が陰口をたたかれたり、仲間外れにされるのを心配していると訴えた。

若い教師は神妙そうに相槌《あいづち》を打つと、「どうしましょう。それ、クラスに説明しますか」と聞いてきた。

「いえ、そんなことしないでください」恵子はあわてて止めた。冗談ではない。寝た子を起こすようなものだ。「気をつけて見ていてくださいというお願いです」

「わかりました。気をつけて見ます」

「あの……」不安が募ったので、付け加えた。「校長先生かどなたかに相談して、指示を仰いでもらえますか」

すると担任は、自分は信用されてないと感じ、気分を害したのか途端に冷めた声で「そうですね、そうします」と返事した。

電話を終えると恵子は、ますます憂鬱になった。もっと親身になってくれるものと思っていた。あの担任は頼りにならない。

家事をする気も起きないので、居間のソファで横になった。テーブルには今日の朝刊があるが、夫も自分も広げていない。見るのが怖いのだ。テレビだってつけない。

家中がしんと静まり返っている。外は昨日から続く雨だ。

ふと、健太の学校のほうはどうなっているのかと思った。生徒が逮捕されたり児童相談所送りになっているというのに、学校からは何の連絡もない。警察やマスコミの対応などで混乱してるだろうと想像はつくが、ちょっと常識に欠ける。だいたい学校の先生は、世間知らずが多いのだ。

何やら不満がふつふつと湧いてきて、恵子は中学にも電話をすることにした。うちの息子が児童相談所送りになったのはどういうわけなのか。学校にも説明を求めたい。

深呼吸し、おなかに力を込めて、電話をした。担任の飯島は授業中で、学年主任の中村が応対した。主任のほうがいい。飯島もまた経験不足の若手教師なのだ。

中村は落ち着いた口調で、まずは連絡がなかったことを詫《わ》び、「実は現在、教育委員会とも協議中で、対応策を練っているところです」と内情を打ち明けた。

「警察がちょっと強引で、我々も少し驚いているというか……。わたしの経験上、生徒間の暴力程度でいきなり逮捕はまずありえません」

「じゃあ、どういうことなんでしょうか」

「それがちょっとわからなくて……。今は先が読めない状況で、向こうの出方待ちなんです。ですからＰＴＡの臨時総会も開けなくて……」

「それより、なぜうちの息子とは会えないんですか」

「いえ。児童相談所ですから、保護者と会えないことはないと……」

「えっ、会えるんですか」恵子の気持ちがはやった。

「児童相談所は県庁の管轄だし、所長の判断で会えるとは思いますが……。ただ、ちょっと警察からの要望がありまして……」

「どういう要望ですか」

「それは、あの……」

中村は返事を濁すと、一度電話を保留にした。誰かと相談しているような雰囲気だ。しばらくして、電話がつながる。

「市川さん、あと一日待ってくれませんか。学校からも警察には問い合わせてみますから。すいません。今日はこれで一旦」

「えっ、そんな。説明ぐらい――」

「ご不安とは思いますが、我々はあくまでも生徒の味方です。それだけは申し上げておきます。ですから、あと一日待ってください。お願いします」

中村は強引に話を終わらせ、電話を切った。

恵子は受話器を持ったまま、孤島に置き去りにされたような気分になった。みんなして、何の隠し事をしているのか。

それより健太だ。会えるのなら、今すぐ駆けつけたい。

5

坂井百合は一睡もできず朝を迎えた。食欲はなく水しか喉を通らない。頭の中は息子のことでいっぱいで、ほかは何も考えられなかった。

もちろん仕事は手に着くはずもなく休んだ。社長に欠勤を申し込むと、身内のやさしさで、「しばらく休んでもかまわない」と快く許可してくれた。あらためて思うのは、血縁のありがたさだった。昨日、息子の逮捕に衝撃を受け、普段あまり連絡を取り合うことのない弟に電話をした。弟は夕方には駆けつけ、相談相手になってくれた。弟は、市内に住む両親に知らせる役も買って出た。高齢だから、少しのことで体調を崩しかねない。「何かの間違いだから心配しないで」と平静を装って電話をし、姉の負担を減らした。自分一人だったら、何ひとつできなかっただろう。

昨日、警察から追い払われるように帰宅したあと、堀田《ほった》と名乗る弁護士から電話がかかってきた。自分は藤田一輝の弁護士だと言う。息子の弁護はどうするのかと尋ねるので、急なことで考えてもいないと答えると、自分に弁護を依頼しないかと言ってきた。困惑しながら話を聞いたところ、堀田は藤田一輝の祖父から依頼された東京の弁護士で、今回の件について担当することになった。藤田一輝と坂井瑛介、被疑者にされた者同士を一本化したほうがやりやすいという説明であった。

百合に弁護士のあてなどあるわけがなく、渡りに船のありがたい話だったが、少し気になったのは、堀田という弁護士の物の言い方だった。電話の声はどこか高慢で、人を見下す印象があった。こっちが母子家庭なのをすでに知っていて、「料金のことなら気にしなくていいですから」と、見透かしたようなことを言うのだ。とりあえず面談することになった。今日、弁護士が家にやってくる。

百合は藤田一輝の親と連絡を取りたかったが、電話番号を知らなかった。今の学校は個人情報保護で、保護者名簿も配らないのだ。学校に聞いても、規則を楯に教えてもらえない。一方で相手への気後れもあった。藤田家は裕福な家庭だった。父親は地元建設会社の役員で貫《かん》禄《ろく》があり、母親は専業主婦でいつもきれいにしていた。名倉祐一の親も同様だ。生活レベルがちがうと、子供同士仲がよくても近づけない。瑛介のグループで気安く話せるのは市川健太の母親だけだ。

その健太君の母親とも、今日は連絡を取っていない。瑛介は逮捕されたのに、健太君は児童相談所に送られただけだ。最初は起きたことすべてがわからなかったが、警察で十四歳以上かどうかが分かれ目と聞かされ、世の中の理不尽さに腹が立った。どうやら瑛介たちは、名倉君に暴力をふるったらしい。しかし十四歳なら法律で罰せられ、十三歳なら放免される。瑛介は先週、十四歳になった。九月生まれの健太君はまだ十三歳だ。百合は、こんな不公平があっていいのかと、ハンドマイクで町中に訴えたい気分だった。

弁護士と会うので、だるい体を引きずってシャワーを浴びた。ゆうべは風呂に入る気力もなかった。髪を乾かし、簡単な化粧もした。鏡に映った自分は、一度に十も老けたような憔悴《しょうすい》ぶりだった。四十年の人生で一番のピンチだなあと、傍観者のようにつぶやいてみた。

午前十時きっかりに堀田弁護士は現れた。老朽化した市営団地の2DKに招き入れるのは、あまり気が進まなかったが、これから息子を弁護してもらう人に見栄《みえ》を張っても仕方がなかろうと、普段の暮らしを見せることにした。

堀田は歳《とし》の頃五十代後半で、いかつい人相の男だった。長年裁判で争ってきたせいか声はよく通り、醸し出す雰囲気はどこか威圧的である。もっとも百合が緊張しているせいかもしれない。弁護士と話すのは生まれて初めてのことだ。

居間兼自分の寝室の六畳間に通すと、堀田は無遠慮に部屋の中を眺めまわし、「ふんふん」と納得したようにうなずき、腰を下ろした。そして麦茶を一息で飲み干すと、何の世間話もなく、いきなり本題をしゃべりだした。

「坂井さん。この逮捕は警察の勇み足だからね。必ず息子さんを取り戻してあげるから安心なさい。ぼくは元検事なんだけどね、よほど無鉄砲な検事じゃない限り、まず不起訴処分だし、勾留請求もしないはずですよ。この事案は別件ですからね。連中の目指す本丸は、未必の故意による殺人罪でしょう。そんなもの、証拠もないのによくやりますよ」

殺人罪という言葉に、百合は一気に血の気が引いた。それはいったいどういうことか。

「要するに、警察は子供たちが口裏合わせをすることを防ぎたいばかりに、身柄事件に仕立てたわけでね、普通なら在宅ですよ。昨日、ぼくが一輝君に面会して、余計な話はしなくていいからと言っておきました。一輝君は動揺してたけど、ぼくが駆けつけて、君のお祖父《じい》ちゃんが雇った弁護士だって言ったら、少しは安心したみたいでしたよ」

「あ、あの……うちの瑛介には会ったんですか」百合が聞く。

「どうして会えるんですか。まだ依頼もされてないのに……」堀田が苦笑した。「坂井さんが依頼なさるなら、これから署に出向いて、瑛介君にも会ってきますけどね」

「じゃあ、お願いします」瑛介の様子が知りたい一心で、百合は即答した。

「ちなみに、一輝君のお祖父さんのことは知ってますよね」

「あ、いえ……知りませんが」

「なんだ。ご存知ないのか。富山誠一。県会議員ですよ。もう七期務めてるんじゃないかな。地元の名士でしょう」

「すいません。政治のことは疎くて……」百合が恐縮する。

「ぼくは、富山さんのボスで法務大臣まで行った佐藤代議士のブレーンを以前やっててね、その関係で知り合いだったわけ。富山さん、泡食ってましたよ。なんとしても孫を助けてくれ。礼はいくらでもするって――。はは。まあ孫のことになると、お祖父ちゃんとしては居ても立ってもいられないんだろうね。で、一緒に逮捕されたテニス部の生徒がいるようだから、まとめて面倒見てくれって。そりゃあ、別々の弁護士がやるよりは手間が省けるし、作戦を練り易いし、都合がいいんだけどね」

「はい……」百合はただ聞いているだけだった。

「弁護費用のことは、富山さんが面倒見るってことらしいけど、坂井さん、それじゃあいやでしょう。藤田一輝君の家から恩を売られてるみたいで。少しだけでも払いませんか。たとえば、二十万円とか」

堀田が顎をひょいと突き出し、百合を見据えた。二十万円は、百合には大金だ。手取り十七万円の給料で、母子が暮らしている。

「わかりました。今すぐ必要ですか」二秒ほど間を置いて答えた。

「着手金に十万円。あとで事務所のものから請求書を送らせます。いや、一輝君の母親がちょっと興奮しちゃって、うちの子は巻き込まれただけだ、ほかの子が悪いんだ、なんて——。まあ少年事件が起きると、必ず加害者の親が言い出すことなんですがね。こういう流れで弁護士費用を負担されると、坂井さんも面白くないでしょう」

百合の顔が熱くなる。それなら折半にしてくださいと言いたかったが、言葉を呑み込んだ。我が家の生活に余裕はない。

「ご心配なく。引き受ける以上、公平に扱います。それで少しばかりお聞きしたいことがあるんですが……」

堀田が鞄《かばん》からノートを取出し、テーブルに広げる。質問は、家庭事情や子育て、瑛介の成績や交友についてだった。離婚の原因まで聞かれたのは、少しむっとしたが、我慢して答えた。ノートをちらりとのぞいたら、判読できない文字で叩《たた》くように書き記していた。一段落したところで、今度は百合から質問した。

「あのう、弁護士さん、さっき殺人罪っておっしゃったと思うんですが、それはどういうことですか」

「ああ、そうそう。殺人といっても、未必の故意による殺人ね。未必の故意っていうのは、意思はなくともそうなるとわかっていて行為に及んだということ。つまり、落ちたら大けがを負うか、もしかしたら死んでしまうかもしれないとわかっていて、名倉祐一君に部室棟の屋根から銀杏《いちょう》の木の枝に飛び移らせた――。警察はそういう絵を描いてるらしいんですよ」

百合はその話に背中が震えた。冗談ではない。息子にそんな汚名を着せられてたまるものか。

「警察もはっきりとは言わないんですが、どうやら木から落ちて死んだという証拠は持っているようですね。あとはいじめの証拠もね。従って警察の見立ては、名倉君がわざわざ一人で、木の枝に飛び移って度胸試しをする理由はない、誰かが強要した可能性が高く、それは日頃いじめていた同じグループの少年たちである――」

「ひど過ぎます。うちの瑛介はそんなことをする子じゃありません」

百合は思わず口をはさんだ。いじめに関しては、昨日もさんざん警察に食ってかかったが、聞き入れてもらえなかった。

「ええ、そうでしょう。わたしも子供がいますから、親御さんの気持ちはわかります。ともあれ、今のところ事故の目撃者は出ていない。自供頼みである。だから最初に言ったように、警察は口裏合わせを一番恐れている」

堀田は眼鏡をはずし、ノートと共に鞄に仕舞った。「さてと」とつぶやき、おもむろに立ち上がる。

「これから警察に行って、瑛介君に会ってきます。何か伝言は？」

「あ、あの……」いきなり言われて頭が混乱した。「わたしも一緒に行けませんか」百合も思わず立ち上がっていた。

「それは無理。あなた、昨日も桑畑署で刑事に食ってかかったそうじゃないですか。そういうの、心証を悪くするから気をつけるように」

「ええと、じゃあ、体に気をつけてって」

「わかりました」

「それから、何か欲しいものはないかって」

「伝えましょう」堀田が踵《きびす》を返す。

「すいません。それから、藤田一輝君のおかあさんに、一度挨拶したほうがいいと思うので、電話番号を……」

「必要ありません。連絡をつけてもいい話にはならないでしょう。何もしなくていいです。名倉家に対してもね」

そう言われて、今夜が名倉祐一の通夜だということを思い出した。

「名倉君のお通夜、行ったほうがいいでしょうか」

百合は玄関まで追いかけて聞いた。

「さあ、わたしが決めることじゃないなあ……」靴を履きながら答え、最後に振り返って「行ってもいいですけど、むやみに謝らないようにね」と言った。

その言葉で参列する気が失《う》せた。きっと藤田一輝君の親も市川健太君の親も行かないだろう。

弁護士を見送ったら、波のように不安が押し寄せてきた。母子家庭であることをあらためて心細く思った。一瞬、別れた夫に連絡しようかと考えたが、思いとどまった。どうせ嫌な思いをするに決まっている。

百合は重いため息を何度もついた。

高村真央はジープ型の４ＷＤを駆り、市街地を走っていた。支局の社用車は、災害時にも役立つようにと武骨な車ばかりだ。頑丈なのはありがたいが、女子が好む車種ではない。取材先ではいつも珍しそうに見られる。先日も年輩の刑事に「お嬢ちゃん、勇ましいね」とからかわれたばかりだ。

県道を進み、駅前商店街に入った。どこの地方都市もそうであるように、桑畑市も駅前はシャッター通りと化していた。人の往来はほとんどなく、まるでゴーストタウンだ。立てられたままの「大売出し」の赤いのぼりが、むなしく風になびいている。

「名倉呉服店」は通りの端に位置していた。そこだけ土塀で囲まれ、中は樹木が生い茂っている。純和風の屋敷は威風堂々たるものだ。聞いた話では、ここは本店にあたるが、実際の商売は大半が国道沿いのショッピングモール内にある支店で行われているそうだ。時流にもちゃんと乗っているということなのだろう。

通りに車を停《と》めて降りた。店はシャッターが閉まっていて、「臨時休業いたします」という手書き文字の紙が貼られていた。当然と言えば当然だ。昨日の時点で、母親と祖母は病院で点滴を打っていたという情報がある。

裏手に回ると、この地域には場違いとも思える立派な門があった。

高村はその前に立ち、深呼吸を繰り返した。記者になって二年目、遺族の取材は初めてだ。実は昨夜から緊張していた。息子を亡くした親に「今のお気持ちは」も何もあったものではない。しかしそれを聞くのが記者の仕事だ。

自分を奮い立たせて呼び鈴を押した。見上げると、門に設置された防犯カメラがこちらを見ていた。十秒ほど置いて、男の低い声がインターホンから聞こえた。

「どちら様ですか」

「わたくし、中央新聞の記者で高村と申します。亡くなられた祐一君について、少しお話を聞かせていただけませんか」

高村は言いながら、心臓がどくどくと脈打った。神経の細さに、自分でいやになる。

「あ、記者さんね。ゆうべから何人か来てるけど、取材は勘弁してもらえないかなあ。父親は通夜のことでお寺さん。母親は寝込んだままなんですよ」

「あのう、お宅様は……」

「ぼくは親戚の人間。祐一の叔父にあたる者だけどね」

「すいません。では叔父様にお話をうかがえませんか。祐一君はどんなお子さんでしたか」

「そりゃあいい子だったけど……」

「そういうことで結構ですから、具体的に、少しだけでも……」

叔父が黙る。迷っている様子がわかったので、高村は「お願いします」とカメラを意識して頭を下げた。

「……じゃあ、ちょっとだけならね」

オートロックの門が開いた。若い女だと、得をすることが多いのも事実である。

中に入ると、玄関から四十代半ばに見える男が出てきた。「どうぞ」と手招きされたので、玉砂利を歩いた。母屋の手前は見事な日本庭園だった。池もある。庭だけで百坪はありそうだ。

「静かにしてね。おふくろはまだ病院だけど、義姉《ねえ》さんは二階で伏せってるから」

叔父が階上を指差す。高村は小さくうなずき、家に上がった。玄関横の応接間に通される。高村が名刺を差し出すと、向こうも名刺をくれた《名倉呉服店　専務　名倉康二郎《こうじろう》》とある。ここの家業は同族で経営されているようだ。

「ねえ、記者さん。こっちも聞きたいんだけど。実際はどうなのよ。警察が言うように、これは事件なの？」

ソファに腰を下ろすなり、叔父が聞いてきた。親族の割には、あまり沈んだ様子がないのが意外だった。

「それはこちらにもわかりません。死に至った状況がわからない以上、調べるのが警察かとは思いますが」

「うちは市役所なら昔からコネがあるけど、警察は異動が多いから、今の桑畑署は知らない連中ばかりだもんなあ」

叔父は足を組み、ソファに深くもたれた。シャツの袖から金無垢《きんむく》の腕時計がのぞく。首にはネックレスが揺れていた。

「どこを取材したの？　いじめた側の四人の家には行ったの？」

「いえ、行ってません」

「そっちにも行ってよ。加害者の親を引きずり出してやらないと不公平でしょう」

叔父はベンチャー企業の派手好きな経営者といった風情だった。商人は腰が低いものだと思っていたので、高村は少し戸惑った。従業員とおぼしき中年の女がお茶を運んできたときも、ふんぞり返ったままだ。

「しかしまあ、小さな町ってのはいやだね、祐一が学校でいじめられっ子だったたって、町中に知られたんだもん。名倉家のプライバシー、どうなるのよ。身内としてはたまんないね。義姉さんも寝込むわけだ」

「あのう、今夜のお通夜には……」

「もちろん通夜には出るだろうさ。親が欠席してどうするのよ。兄貴はちゃんと挨拶できるかなあ。元々がおとなしい人間だから。祐一もそういうところは似ちゃったんだよね」

「祐一君はおとなしいお子さんだったんですか」

やっと名倉祐一に話が戻ったので、機を逃すまいと質問した。

「そう。親戚の中でもいちばんおとなしいかな。義姉さんが大事にし過ぎたところもあるんだよ。男の子は、もう少し腕白に育ててもいいんじゃないかって、はたから見てて思ったけど、まあ、ぼくが口を出すようなことではないしね」

「あのう、おっとりした性格ということでいいでしょうか」

「ああ、そうそう。物は言いようだね。書くならそう書いて」

「何かエピソードをいただけるとありがたいのですが……」

「エピソードねえ……」叔父が顎を撫《な》でて考え込む。「インコを可愛《かわい》がってたかなあ……。ペットを可愛がるやさしい子だったって、記事にするならそういう話でまとめといてよ」

叔父は話し好きなのか、聞きもしない内輪の事情までしゃべった。

祐一の母親が、電車通学をさせてでも私立中学に通わせるべきだったと自分を責めていること、高齢の祖母がショックで孫と息子を混同し、名倉家はもう終わりだと取り乱していること、葬儀屋が次々と駆けつけてきては高額な葬儀を勧めるので、自分が追い払ったことなどを、問わず語りに披露する。

自分のことも語った。名倉呉服店は県内に三つの支店があり、そのひとつを任されているとのことだ。「着付け教室はうちが一番生徒は多いのよ」と、鼻の穴を広げて自慢をした。快活に語る叔父を見て、高村は死んだ祐一が少し不憫《ふびん》に思えた。少なくともこの叔父に、悲しみに暮れている様子はない。

「そうそう。逮捕された藤田って子の祖父が県議の富山誠一なんだって。これってスキャンダルでしょう。記者さん、それは書かないわけ？」

「少年ですから、人物を特定できるような情報は書けません」

「それが不公平だって言うの。なんで名倉家だけが実名であとは伏せるわけ？　頭に来るよね。インターネット、見た？　ぼくは見てないけど、見た従業員によると、名倉呉服店は強欲主義だとか、商工会の独裁者だとか、ひどい書き込みがあるって言うじゃない。なんて世の中になったのかと思うね」

叔父はひとしきり嘆くと、庭に目をやり、大きくため息をついた。池で大きな鯉《こい》が跳ね、その音が部屋まで届く。

「しかし、十三歳で死ぬなんてのは可哀想《かわいそう》でならないね。うちにも中一の坊主がいるけど、想像しただけで目の前が暗くなるもんなあ」叔父がぽつりと言った。「年寄りが死ぬのとはわけがちがうね。なんて言うか、家族の将来ごと持っていく感じがあるもんなあ……」

「わたしも、少年の死は新聞記者になって初めてなので、重く受け止めています」

「何よ、記者さん新人なの？」

今度は身を乗り出し、出身地や出た大学や家族のことを聞いてくる。

「新聞記者だと日曜日にデートもできないねえ。彼氏いるの？」とまで聞かれた。

高村はこの人物にいい印象を抱かなかった。得意客の前では、もみ手をするのかもしれないが。

これ以上記事になりそうなネタもないので、辞去することにした。話の最後に、折を見て母親からも話を聞けないかと頼むと、携帯のアドレス交換をしようと言われた。

「こっちも情報を得たいからさ。バーターと行こうじゃないの」

「わかりました」高村は気乗りしなかったが応じた。

「こんなことがあって、うちも商売に影響出てんだよね」

「そうなんですか」

「子供が死んだ呉服屋に、着物を買いに客は来ないでしょう。新聞に出ちゃってんだから。昨日も今日も売り上げ激減。損害賠償して欲しいくらいだよ」

不機嫌そうに舌打ちしている。高村は、いったいこの男は甥《おい》の死をどう受け止めているのかと、理解に苦しんだ。

帰り際、玄関で「叔父様は祐一君とは仲がよろしかったんですか」と聞いた。叔父は少し考え込んでから、「ああ、よかったよ」と答えた。

「もっとも中学に上がってからは、あまり口を利かなくなったけどね。中学生なんてそういうもんじゃないの。うちの坊主も一緒。親だの親戚だのって面倒臭いだけでしょう」

玄関の土間の隅に、白いスニーカーが揃《そろ》えてあるのに気づいた。名倉祐一の靴だろうか。きっと子供部屋もあの日のままだ。そう思ったら、急に胸が締め付けられた。まだ人生の楽しさも知らぬ少年が死ぬというのは、なんとやるせないことなのか。

高村は暗い気持ちで名倉家をあとにした。

名倉祐一の通夜は、市内で一番大きな寺の敷地内にある葬儀ホールで開かれた。入り口の左右には白い和菊の弔花スタンドが並び、それぞれの木札には、商工会の会長や市会議員など地元名士の名前が筆書きされていた。手前には受付のテントが二つ設営され、弔問客が列をなしている。その規模の大きさは、とても中学生の通夜とは思えない。

飯島浩志はテニス部顧問の後藤と一緒に、門の脇にある駐車場でテニス部の生徒たちを待っていた。午後六時十分前集合と告げてある。日はまだ高く、曇天のせいで西空が赤く染まることもなかった。

若い後藤だけでは心許《こころもと》ないという理由で、飯島がテニス部員の引率に駆り出された。後藤は部員から逮捕者を出したことで、激しく狼狽《ろうばい》していた。昨夜は一睡もしていない様子だ。目の縁は黒く、表情にも精気がない。「どうなるんですかね、これから」と何度も聞いてくる。

飯島は、知りたいのはこっちだと言いたいのをこらえ、励ましの言葉をかけ続けた。実際、事件が起きた後で教師にできることといえば、生徒の動揺を抑えることぐらいしかない。

制服姿の生徒たちが次々と集まってきた。周囲が大人ばかりなせいか、みな神妙な顔をしている。後藤がキャプテンを呼び寄せ、邪魔にならないよう、隅で整列して待つよう指示した。

香典は校長が「教職員一同」の名義で代表して出すことになった。教育委員会の指示で、交際費から捻出されるらしい。担任でもない飯島には正直助かった。生徒の保護者にも、学校で出すから原則不要だと告げてある。

しばらくして校長と教頭が揃って現れた。上着を手に持ち、ハンカチで額の汗をぬぐっている。飯島の姿を見つけると近づいてきて、「PTAの会長はもう来てる？」と校長が聞いた。

「はい。副会長と一緒にもう記帳なさってます」

「そう。それから……」ここから小声になった。「逮捕と補導をされた四名の保護者は？」

「ええと、それは見かけてませんが……」

「来るのかね」

「わかりませんが、何か……」

「実はね……」返答は教頭が引き継いだ。「名倉君の叔父という人から午後、学校に電話があって、捕まった四人の親は顔を出すのかって聞いてきたんだよ。それで、学校ではわかりかねますって答えたら、それは無責任じゃないかって言い出して……」

「どういうことですか」

「わからんよ。追い返されるのを承知で焼香に来るのが加害者の親の礼儀ではないかというのが、その叔父さんの主張なんだがね」

「いや、しかし、まだ容疑者の段階で何もわかってないわけだし……」

「ぼくもそう思うんだが、叔父さんは、遺族感情を考えれば通夜に行くことを勧めるのは学校の役目だろうっていうわけだ」

「怒ってるんですか？」

「いや。落ち着いた口調ではあるけれど、どこかねちっこいというか、こちらの出方を探ってるというか……。電話で三十分も相手をさせられたよ」

「クレーマーみたいなもんですか」

「ああ、そうそう」教頭が顔をしかめてうなずいた。「とにかく、名倉家にはちょっと変わった親戚がいるらしい。何か言ってきても、迂《う》闊《かつ》な返事をしないように」

「わかりました」

飯島の隣では後藤がますます表情を暗くした。

先に到着していた学年主任の中村が建物の中から出てきた。小走りに駆け寄り、校長の耳元で話す。

「明日の告別式は、校長と担任の清水先生の二人が参列させていただきますと、遺族に伝えておきました。生徒は通夜だけでいいと了解も得ました。それから明日の夜、臨時ＰＴＡ総会をやりましょう。さっき会長とも話したんですが、これ以上保護者に説明がないのはまずいです。不明点が多いままでも、現状報告をするべきだと思います」

「うん、そうだな。じゃあ教頭先生、手筈《てはず》を頼みます。何時にしましょうか」

校長と教頭が相談を始める。中村は飯島たちにも指示を出した。

「君らはテニス部の生徒を頼む。マスコミが門の前で待ち構えているから、つきまとうような取材があったときは、毅然《きぜん》とした態度で抗議するように。それと生徒たちの私語は厳禁。座席数は限られているので、後方で立って待つこと。焼香はキャプテンと副キャプテンの二名が代表して行う。遺族もそれでいいそうだ。焼香の手順はあらかじめ教えておいてくれ」

「あ、あの。焼香の手順って――」飯島が聞いた。

「知らないのか」

「すいません」世間知らずの自分に赤面した。

「遺族席に向かって一礼、遺影に向き直って一礼……」

中村が小声で説明する。後藤も首を突っ込んで聞き入った。

午後六時になり、係の人間から入場するようアナウンスがあった。生徒を従え、ぞろぞろとついていった。クラスメートは清水華子が引率している。ホール内は冷房が強く寒いほどだった。半袖シャツの生徒たちは腕をさすっている。前面に見たこともないほど豪華な祭壇が鎮座し、思わずみなが嘆息した。遺影の大きさは一畳ほどもある。

名倉祐一の遺影は、笑顔の写真だった。家族旅行の記念撮影だろうか。屈託なく笑っている。ああ、この生徒はこういう笑い方をするのかと、飯島は虚を衝《つ》かれる思いがした。自分が知る名倉祐一は、いつもおどおどした印象だった。表情のどこかに常に緊張があった。

あらためて遺影と向き合い、飯島は自責の念がこみ上げてきた。学校で生徒を死なせるというのは、教師にとって痛恨の極みである。どのような経緯があったか、今はまだわからないが、防ぐ手立ては、どこかにあったはずだ。

さらには今日、名倉祐一の死亡推定時刻が午後四時前後と警察から知らされ、ショックが倍増していた。飯島が発見したのは午後七時過ぎである。それはつまり三時間以上、名倉祐一の死体は校庭内に放置されていたことになる。部室棟の横に生徒の死体が横たわっていることを知らず、自分たちは職員室で仕事をし、ときには談笑もしていたのだ。それを思うと、全身に鳥肌が立つ。

僧侶が五人、ぞろぞろと入場し、祭壇前に腰を下ろした。ざわついていた会場が一斉に静まり返る。僧侶の数に、みなが内心驚いている。読経が始まった。まるで音の壁だ。

飯島は読経を浴びながら、会場内の弔問客を見回した。市川と坂井の親は来ていないようだ。顔は知らないが、藤田と金子の保護者もきっといないだろう。

昨日の坂井の母親の取り乱し方を見て、親はやはり我が子が一番なのだと痛感した。今、四人の母親たちに死んだ生徒を悼む余裕はないだろう。心配はピンポイントで我が子のことだけなのだ。

いったいこの先にはどんな顚末《てんまつ》が待ち受けているのだろうか。警察はどうやら殺人罪も視野に入れた捜査を始めたらしい。今日も学校には複数の刑事がやって来て、生徒の聞き取り調査をしていた。もはやテニス部とクラスメートだけでなく、全校生徒が対象だ。さらには教職員も含まれた。警察が知りたいのはただ一点、目撃者はいないかということだった。詳細な目撃証言があれば立件される可能性が高まるであろうことは、素人の飯島でもわかる。

長い読経が済み、焼香が始まった。名倉家の付き合いの広さを物語るかのように、地元の名士が顔を揃えていた。市からは副市長が来ている。花街の〝きれいどころ〟もいた。

子供たちは早く帰してあげようという配慮か、係員が走ってきて列に並ぶよう促された。飯島と後藤は生徒代表を従え、中央通路に立った。斜め前方に遺族が並んでいる。名倉祐一の母親はハンカチを手に握り、憔悴しきった様子でうつむいていた。その隣は父親だろう。しっかりと背筋を伸ばし、弔問客に会釈を返している。

飯島の番が来て、遺族に頭を下げた。一瞬父母の目に敵意がこもったように見え、どきりとした。いや、気のせいかもしれないが。

そのとき、遺族席の一人が立ち上って声を発した。

「せっかく参列してくださったのだから、生徒さん全員、焼香してください。ねえ、校長先生。そのほうがいいでしょう」

その提案に、校長だけでなく教師全員が戸惑った。生徒は代表だけでいいと、話はついているはずだ。

「さあ、うしろで立っている桑畑二中のみなさん、一人ずつ焼香してください。生徒さん方は明日の告別式に出られないそうだから、今夜が祐一とのお別れです。ちゃんと祐一の顔を見て、天国へ見送ってください」

会場の視線が集まる中、男が役者のように朗々としゃべる。飯島は校長と教頭の顔色から直感した。これが「ちょっと変わった親戚」の叔父か。

遺族が言うことに逆らうわけにもいかず、校長が生徒全員に並ぶよう指示を出した。クラスメートとテニス部員がぞろぞろと前に移動する。飯島の後ろに、合わせて六十人ほどの生徒が並んだ。

祭壇の前に進む。眼前の棺には死化粧をした名倉祐一が横たわっていた。頭部は傷を隠すためか布が巻いてある。

飯島は一瞬見ただけで目を伏せた。若者の死体はなんとも痛ましい。同時に、これを生徒たちに見せたくないと思った。多感な子供たちに、同級生の死体を直視させるのは刺激が大き過ぎる。

「さあ、さあ、生徒のみなさん。祐一を見て、何か声をかけてやってください。最後のお別れです」

叔父が、飯島の心の中を見透かしたかのように、逆のことを言う。もしやこれは悪意なのかと、飯島はそんな勘繰りをしてしまった。

予想通り生徒たちは、級友の死体を間近で見て、大きなショックを受けた様子だった。息を呑《の》むのが表情でわかる。中には「きゃっ」と小さな悲鳴を上げ、逃げ出そうとする女子生徒もいた。

そして何人かが嗚咽《おえつ》を漏らした。級友の死に対する悲しみと言うより、人が死ぬということを初めて目の当たりにし、怖くなったのである。

「祐一にさよならを言ってください。この子は十三歳で天国に旅立つんです」

叔父の大きな声が、冷気に包まれたホール内で、舞台詞《ぜりふ》のように響いていた。

検事の橋本英樹は、その日の夕食を桑畑署の署長室で食べた。午後七時頃にうかがうと電話で告げると、駒田署長から「じゃあ弁当を用意しておきましょう」と言われたのだ。署長が手配するのだから、料理屋の豪華な弁当かと少し期待したが、出てきたのはありふれた仕出し弁当で、しかも冷めていた。いかに食中毒が怖いとはいえ、ハンバーグなど焼き過ぎである。

テーブルを囲んだのは、橋本、駒田署長、島本副署長、小西捜査一課長の四名だった。島本は広報担当だが、「マスコミにマークされてるから、ここで食べさせてよ」と交ざってきた。中では橋本が断トツで若く、民間企業なら部長と若手社員ぐらいの開きがあるだろう。

「新任明け」検事としては、気後れする気持ちもないではないが、何食わぬ顔で輪に加わり、百戦錬磨の警察幹部と一緒に弁当をぱくついた。上司からは、「検事は常にポーカーフェイスでなくてはならない」

と教わった。

「丁度今の時間、死んだ生徒の通夜が行われてますね」

島本が白米を半分ほど残し、弁当のふたを閉じ、言った。

「何だ、食欲ないのか」駒田が野太い声で聞く。

「ダイエット中。炭水化物を控えてるんです」

「おまえにそう言われると、おれの立場はどうする」

駒田は自分の突き出た腹を一瞥《いちべつ》すると、冗談とも思えない声色で凄《すご》み、エビフライを口に放り込んだ。

「通夜はどこでやってるんだ」小西が聞く。

「斎覚寺です」島本が答える。

「昔からの金持ちの家だし、派手にやってるんだろうな」

「実は本部から警務部長が私人として行ってます」

「警務部長が？　なんでだ」

「さあ。個人的な知り合いなんでしょう」

「娘の晴れ着でも贈られたか」駒田が皮肉めかして言った。「ありうるな。そうだろう。あそこは娘が三人だ」

島本は苦笑すると、橋本に向き直り、「内輪の馬鹿話ですから聞き流してください」と言った。

次席検事の伊東から得た情報では、ここにいる三人の階級は駒田と小西が警視正、島本が警視である。年次は駒田、小西、少し離れて島本の順。警察は上下関係の組織なので、順番を間違えると事がスムーズに運ばない。

「橋本さんは、少年事件は初めてですか」食事を終えた小西が聞いた。

「はい。そうですが」

「わたしが言うのも差し出がましいが、子供だと思って手加減しないほうがいいと思いますよ。自分たちが法律で守られていることをちゃんと知っていて、絵も描くし、芝居も打ちます」

「そうそう。とくにゲーム世代以降は妄想と現実の区別がつかないような人間がたくさんいるから、取り調べをしていて、こっちまで混乱する」

駒田が横から言う。そして一瞬詰まったのち、「ああ、橋本さんもゲーム世代か。こりゃ失礼」と頭を掻《か》いて謝った。

「いえ。ぼくもゲームはやりますが、息抜きの範疇《はんちゅう》です。それに今は忙しくてテレビも見てません」

「そりゃそうだ。だいいちゲームなんかやってたら司法試験には通らない」

駒田が野太い声で半笑いする。

少しの時間で、橋本は世代の溝を感じた。駒田と小西は二十歳ほど年上だ。彼らにしても、若い検事はやりにくいことだろう。

「橋本検事は地検のホープと聞いております。被疑者の少年たちとは歳も近いということで、期待しております。何卒《なにとぞ》よろしくお願いします」

小西が場をまとめるように言い、軽く頭を下げた。印象としては、彼の方が署長より論理的であるように見えた。刑事一筋ではなく、前は警務部にもいたという。

弁当が片付けられ、駒田の指示によって扇風機が運び入れられた。エアコンの温度設定が高めなので、署内全体が蒸し暑い。羽の風切り音が署長室に響いた。

「さてと、それじゃあ始めますか。橋本検事には、わたしから本事案の現状を報告させていただきます」小西が書類を手にした。シャツのポケットから眼鏡を取り出し、鼻に乗せる。「概略はすでに伊東次席検事より聞いていると思いますが、確認の意味で報告します」

小西の口から、時系列に沿って事件概要の説明がなされた。その都度、写真がテーブルに並べられていく。部室棟の全景、銀杏《いちょう》の木、屋根の上の足跡。死体写真も見せられた。食後でよかったのか、悪かったのか。新聞記事を読み込んできたが、初めて知る事実もいくつかあった。死んだ少年の背中にいくつもの内出血痕があったという話もそのひとつだ。

「これがその写真です」

目の前に出され、橋本は思わず顔をゆがめた。

「十人以上の生徒が背中をつねったということで、テニス部の一年生たちはそれを認めていますが、命令したのは逮捕された坂井瑛介です」

メモを取りながら、傷害容疑だけで起訴に値するかどうかも考えたが、前歴もないのでそれは難しそうだ。

説明に沿って、携帯メールの記録や生徒の証言録が次々と示された。

一段落ついたところで小西が麦茶を飲み干し、橋本を見た。

「失礼。たばこを一本吸ってもいいですか？」

「あ、どうぞ。もちろん」橋本は反射的にうなずいた。たばこの煙は嫌いだが、よそ様の部屋だから仕方がない。

「じゃあ、おれも吸うか。食後だし、さっきから吸いたかったんだ」

駒田もポケットからごそごそとたばこを取り出す。中年男が二人でおいしそうに紫煙をくゆらせた。

「さてと、ここからが本題になるわけですが、我々が狙うのはあくまでも殺人罪での逮捕起訴です」小西が口調を改め、重々しく言った。

「名倉祐一君が部室棟の屋根から銀杏の木に飛び移り、枝に足をからめてしがみつき、そこから落ちて溝に頭を打ち付けて死んだ。その事実は鉄板である。ならばなぜ木に飛び移るという危険な行為に及んだのか。それはいじめグループによる強要があったからにほかならない。誰に聞いても、名倉少年は元来がおとなしい性格の生徒である。自分から無茶をするタイプではない」

話を聞きながら、橋本は今一度、名倉祐一のアルバム写真に目を落とした。いかにも神経質で気弱そうだ。

「しかし現時点で、逮捕・補導した四名の少年たちは、いずれも強要を否認している。部室棟の屋根に皆で上がったことは認めたものの、その先になると、名倉少年一人を残して四人で下校したの一点張りである」

「児童相談所の二名はどうなってるの？」駒田が聞いた。

「所長の許可を得て、少年係の者が取り調べに当たっている。ただ、そこにも弁護士が現れてね」

「ああ、県議の富山誠一が雇った弁護士か」

「取り調べをやるなら可視化しろって、ビデオカメラを置いてったそうだけど」

「そんなものは無視だ」駒田が憮然《ぶぜん》として言った。

「もちろんそうするよ」

そのあとも小西の報告は続いた。少年たちは緊張していて、世間話にも乗ってこないということだ。勾留期限が迫っているので、警察としては、なんとしても名倉祐一の転落死に関して少年たちを自供させなければならない。

「目撃者はいないんですか?」橋本が聞いた。

「今のところ出ていないんですよ。捜査員を動員して全校生徒に聞いてますが、五百人近くいるんで、全部は終わってません」

「周辺住民も聞き込みの対象に入れてください。今日、桑畑二中へ行って部室棟の屋根に上がってきましたが、すぐ近くに民家がたくさんあるので、二階から誰かが見ていた可能性もあります」

「橋本さん、二中に行かれたんですか?」島本が聞いた。

「ええ。昼間、時間を作って三十分ほど」

三人が「ほう」というような表情をした。

「殺人罪での起訴を目指すなら、目撃者が欲しいところです。少年たちの自供だけで公判を維持するのは危険でしょう。傷害容疑については起訴猶予とする公算大です。初動段階での被疑者同士の口裏合わせを防ぐという目的は、今のところ果たされていますから、逮捕は無駄ではありませんでした。なので明日までになんとしても目撃者を見つけて、殺人罪のほうも……」

「そうか、自供だけでは無理か」駒田がひとりごとのように言い、ソファにもたれた。

「公判で否認に転じる可能性があります。周りの大人がいろいろ吹き込んで、供述をひっくり返すなんてのは、少年事件にありがちなことです。そうなると状況証拠だけでは不利です」

「よし。もう一度現場に発破をかけよう。目撃者が見つかればこっちのものだ」

駒田が鼻息荒く言った。

「署長、そう突っ走らないで。相手は子供なんだから」

小西が釘《くぎ》をさす。このやりとりに橋本は意外な思いを抱いた。通常、捜査一課長が出張った以上、本部が指揮を執るものだが……。

「子供ったって中学生だろう。見たことぐらいちゃんと話せる」

「それもそうだけど、あんまり焚《た》き付けると、捜査員も焦ってあやふやな証言を摑《つか》まされたりするから」

「課長は相変わらず慎重だなあ」

「犯人を追っかけてるわけじゃない。証拠集めなんだから、そこを忘れちゃ困るよ」

しばし二人の言い合いが続く。それに合わせるかのように、扇風機の首振りがキイキイと音を立て始めた。
橋本のワイシャツはすっかり汗で湿っていた。この地方の夏はとんでもなく暑いと同期から脅かされていたが、その通りらしい。梅雨明け前から、先が思いやられる。

6

豊川康平はその日、出勤するなり課長の古田に手招きされた。何だろうとデスクまで行くと、顎で脇のパイプ椅子をしゃくられ、腰を下ろした。

「おまえ、今日は坂井瑛介の取り調べをやってくれ」

古田が書類の山を前にして、コンビニのサンドウィッチを食べながら言う。家で朝食を食べてこなかったのか、それとも泊まり込んだのか。

「ぼくがですか？」

豊川は突然の指示に戸惑った。少年の取り調べは古田と生活安全課少年係のベテランが主として担当していた。

「本部の小西さんが、オジサンの刑事じゃ子供たちも緊張するばかりだから、一度若いのを当てろって——。うちの刑事課で若いのって言ったら、おまえか石井だ。石井はまだ経験不足だし、となりゃあおまえしかいない」

「わかりました。難航してるんですか？」

「ああ、残念ながらな。おれがクマ、生安がツルでやってんだがな、あんまり効果がない。おまけに少年相手だと勝手がちがう」

クマとツルとは県警の隠語で、取り調べのときの脅し役となだめ役のことである。謂《いわ》れは知らない。

「坂井ってのはとにかく無口な少年でな、話しても、はいといいえだけだ。その上、昨日弁護士が接見して、言いたくないことは言わなくていい、なんて吹き込みやがったもんだから、ますます黙っちまいやがった。中学生のくせに肝が据わってるのか、脅《おび》えることもない」

「もう一人の藤田一輝は？」

「そっちはまったくの子供だ。声変わりもしていない。よくしゃべるんだが、ひたすら大人の顔色をうかがう感じでな。でもって肝心の供述は、自分たちは先に帰った、何も知りませんの一点張りだ」

古田が紙パックの牛乳を、音を立ててストローで飲み干した。手でひねりつぶし、ごみ箱に放り込む。

「ついでに教えておくと、児相送りした二名も同じ供述を繰り返している」

「揺さぶってもだめですか」

「児相はケースワーカー立会いの下だ。勝手がちがうんだよ」

「なるほど。ちなみに、その二名はグループ内でどんな役回りなんですか」

「金子修斗は、ちょっと粋がっている感もあるが、グループでは坂井の下。坂井は体が大きくて喧嘩《けんか》も強く、学校では不良たちからも一目置かれる存在のようだ。その庇護《ひご》下にいれば、よそのグループからいじめられないってことだろう。で、市川健太は、ちょっと立場がちがって、坂井とは小学生時代からの親友らしい。勉強ができて、明るく活発で、一年のときはクラス委員もやっている。坂井も市川の言うことは聞くみたいだな。だからこのグループの中心は、市川と坂井の二人だ」

豊川はメモを取りながら、胸の中でこれは困ったぞとつぶやいた。指名されたことは光栄だが、責任は重大だ。しかも有力な物証がない中での取り調べである。

「いいか。もう時間がないんだ。午後一時には四十八時間が切れて、傷害容疑での送検となる。傷害の供述書はもう取れてるから、そっちにはタッチしなくていい。いじめについても突っつかなくていい。名倉祐一に、部室棟の屋根から銀杏《いちょう》の木の枝に飛び移らせたのかどうか、名倉が落ちたときその場にいたのかどうか、その二点のみだ」

「わかりました。ところで目撃情報の方はどうなってますか」

「進展なし。桑畑二中の生徒からのヒヤリングで、今のところ目撃情報は得られていない。今日も朝から行うが、期待薄かもしれん」

「ちなみにゆうべは、坂井を何時まで取り調べたんですか」

「夜中の十二時だ。よそでは言うな」

古田がそう言って顎の無精ひげを撫《な》でる。豊川は黙ってうなずいた。

聞くところによると、逮捕された二名の少年には、東京から駆けつけたヤメ検の弁護士が付き、取り調べの可視化を求めてビデオカメラを置いていったらしい。もちろん拒否したが、捜査員の間では警戒心がふくらんでいた。

刑事部屋から廊下に出たところで、年配の女子職員と鉢合わせた。

「あ、豊川さん。一階の受付に中学生の女の子が来ててね、逮捕された坂井瑛介君に授業のノートを届けに来ましたって」

「授業のノート?」

「そうなの。クラスメートだって。差し入れ扱いしていいものかどうか。総務の主任が刑事課に聞いて来いっていうから」

「そうですか……。じゃあ、ぼくが会いましょう」

豊川はエントランスに向かって階段を駆け降りた。クラスの女子が差し入れに来たということに興味がある。

受付横の待合いロビーには、お下げ髪の女子中学生が立っていた。服装がちゃんとしていて、姿勢が正しくて、いかにも利発そうだ。

「君が坂井君のクラスメート？」声をかけると、緊張した様子でこくりとうなずいた。中学生が一人で警察署に来るというのは、相当勇気のいることだろう。

「学校は大丈夫？　間に合うの？」怖がらせてはいけないと、豊川は笑顔で応対した。

「自転車通学だから大丈夫です」

「そう。で、授業のノートを坂井君に渡したいんだって？」

「はい。クラスで、坂井君と市川君のために授業のノートを取ろうってことになって――。わたしが届けに来ました」

「そうかあ。みんなクラスメート思いなんだな。でもね、今は取り調べの最中だから、ちょっと自習する時間はないかな」

「無理ですか」

「うん。無理だと思う。逮捕されるって、もう自由じゃなくなることなんだよ」

「……わかりました」女子中学生が一瞬、泣きそうな顔になった。そして丁寧にお辞儀をし、髪をふわりと浮かせ、走り去ろうとしたので、豊川は「ちょっと待って」と呼び止めた。

「君の名前は？」

「安藤です」

「そう。安藤さんから見て、坂井君ってどんな生徒？」

女子中学生は少し考え込んでから、「やさしい男子です」と頰を赤くして答えた。

「へえー。でも彼は喧嘩が強いそうじゃない」

「喧嘩が強くても、やさしいです」抗議するような目を向けて言う。

この子は坂井に気があるのかな――。豊川はそんな想像をした。

女子中学生はもう一度お辞儀をして、駆け出した。表に停《と》めてあった自転車にまたがると、腰を浮かせ、中学校の方角に漕《こ》いで行った。

豊川はそのうしろ姿を見つめながら、複雑な思いに囚《とら》われた。おそらく坂井瑛介も、逮捕補導されたほかの少年たちも、普通の中学生なのだろう。普通なのに経験と常識がないことが、少年犯罪の悲劇なのだ。しでかした後で事の重大さに気づく――。

ロビーの自販機で缶コーヒーを二つ買い、階段を上った。少年たちの取り調べは、三階の生活安全課の個室で行われている。

まずは少年係の係長に挨拶を入れると、小声で「豊川よ、これは急がないほうがいいいんじゃないのか」と眉を寄せて言った。

「傷害で身柄を取るのは仕方がないとしても、その勢いで殺人罪に持ち込むのは、ちょっと無理があるだろう」

豊川もその通りだと思うが、首をすくめるだけにした。刑事課の中にも、署長の勇み足だと言う者が多数いる。

「連中に非行歴はない。それは頭の隅に入れておいてくれ。あんたらみたいなやり方だと、子供たちは怖がるだけだぞ」

少年係が長い警官らしく、豊川にも諭すように言葉を発した。少年係は、犯人を捕まえて送検するだけでなく、少年の更生も目的としている。だから情に重きを置く人間が多い。

「わかりました。気をつけます」

豊川は今一度気を引き締め、六畳ほどの取り調べ室に入った。坂井瑛介はすでに着席していて、擦りガラスから差し込む陽光を背中に浴び、朝から疲れた顔で頬杖《ほおづえ》をついていた。

「よお。坂井。おれのことは憶《おぼ》えてるよな。学校でヒヤリングをした刑事だ」明るく言ったが無反応だった。「なんだ、朝は苦手か。ゆうべはちゃんと寝られたのか」

それでも黙ったままである。ただし反抗的な印象はない。全体が朴《ぼく》訥《とつ》としているのだ。

「コーヒー飲むか。眠気覚ましになるぞ」

一本をテーブルに置くと、坂井は遠慮がちに手を伸ばし、缶のプルトップを引いて飲んだ。

「おまえ、背高いな。百八十あるか」

「いえ……百七十七です」低い声でぼそりと答える。

「いつ測った身長だ」

「四月です」

「じゃあそれから伸びてるだろう。立ってみろ」

豊川が顎をしゃくると、素直に言うことを聞いた。

「おまえ、やっぱり百八十あるぞ。おれが百七十五センチだから、おれよりずっと大きいじゃないか。成長期の真っただ中にいるんだなあ。足も長いし、女子にもてるだろう」

軽口を利いてみるが、坂井は乗ってこなかった。

「ついさっき、署の玄関におまえのクラスの女子が来てたぞ。授業をノートに取ったので渡してくださいって——。せっかくの好意だが、それは無理なんだ。ここは家でも学校でもないしな。可愛《かわい》い子だったぞ。安藤さんって女子だ。ひょっとして、おまえの彼女か」

坂井がうつむいたままかぶりを振る。

「安藤さんってどんな女子だ」

「さあ……」

「さあってことがあるか。クラスメートだろう。勉強ができるとか、活発だとか、いろいろあるだろう」

坂井が押し黙る。言葉を探しているのか、返事をする気がないのか、判断がつかなかった。

「今どきの中二ってのは、男女交際はどうなってるんだ。彼氏や彼女、いたりするのか」

返事はない。

「おれのときは、クラスに一カップルいるかどうかだったけどな」

坂井は缶コーヒーを両手で包み、じっと手元を見つめていた。

「返事くらいしてくれよ。学校でヒヤリングしたときは、ちゃんと話してくれただろう。おれだけにしゃべらせる気か」

それでも黙ったままである。

豊川は頭を掻《か》きながら吐息を漏らした。さて、どうするか。自分も一度クマになって声を荒らげてみるか——。いや、古田課長がそれで空振りだったのだ。

ノートを広げ、景気づけにテーブルをバンとたたいた。

「よし。もう一度、あの日の放課後のことを聞くからな。何べんでも同じことを聞くぞ。警察はしつこいんだからな」

おどけて言うが、坂井は表情ひとつ変えない。豊川の胸の中で、焦りの気持ちが急速にふくらんでいった。

市川恵子は、朝からずっとダイニングテーブルでパソコンに向かっていた。息子の健太が児童相談所送りにされたことについて、疑問に答えてくれる相手がいないので、インターネット情報を片っ端からあたっていたのだ。恵子に少年法の知識はまるでなかった。知っているのは、未成年だから新聞に名前が出ないということぐらいだ。いろいろなキーワードを入れては検索し、気を持ち直したり、震え上がったりを繰り返していた。

健太と同じく児童相談所に送致された金子修斗の母親とは、ゆうべ電話で話をした。普段、ＰＴＡで顔を合わせたとき挨拶をする程度の間柄で、連絡を取り合うことはなかったのだが、同じ立場に立たされた保護者として、否応なく連帯することとなった。健太から聞いていた話では、金子家は、我が家と同じような普通のサラリーマン家庭とのことだ。妹がいるのも、うちと同じだ。

電話は向こうからかけてきた。修斗君の母親は、自分同様パニックになっていて、どうして息子を家に帰してもらえないのか、児童相談所とはどういうところなのか、息子たちは何をしでかしたのか、などといったことを矢継ぎ早に聞いてきた。もちろん恵子に情報はない。聞きたいのはこっちである。「行ったら会えるんでしょうか」と、恵子と同じことも言っていた。

修斗君の母親は、「うちの子は気が弱いから」と、何度も電話で繰り返した。それは、誰か首謀者がいて、うちの子は巻き込まれただけだとでも言いたげだった。その気持ちは恵子だって同じだ。やさしい健太が、進んで人に暴力など振るうわけがない。

しばらく互いに不安を訴え合っていたが、修斗君の母親は電話の最後に、「うちは名倉さんの家と同じ町内なんですよね」と暗い声でつぶやき、受話器を通じてもわかる重いため息をついた。

それはきついだろうと、恵子は同情した。引っ越さない限り、永遠にご近所なのだ。もっとも恵子の家も、名倉呉服店からは一キロちょっとしか離れていない。町のスーパーで、市民センターで、運動公園で、いつ出くわさないとも限らない。この先自分は、びくびくしながら暮らしていくのだろうか。

目を閉じて、テーブルに伏せた。いったい健太と我が家の今後はどうなるのか。家は買ってまだ年が浅く、ローンもたっぷり残っている。夫の仕事もある。引っ越しという選択は、平凡な一家には負担が大き過ぎる。

いいや、今の時点でこんな先走ったことを考える必要はない。自分は健太の無実を信じているのだ。名倉君が死んだのは心より同情するが、あれはきっと事故だ。だから普段通りに暮らしていけばいい。夫の話では、明日にも健太が児童相談所から帰ってくる。それは無実の証《あかし》だ。明るく「おかえり」と迎えてあげたい。

隣家で犬が吠《ほ》えていた。スクーターの音がしたので、郵便配達に吠えたようだ。どこからか赤ん坊の泣き声も聞こえる。テレビをつけていないので、家の中はしんと静まり返っていた。だからいろんな音が飛び込んでくる。

ニュースを避ける気持ちが強く、一昨日からテレビを見ていなかった。新聞も読んでいない。朝刊はチラシが挟まったまま、テレビ台の横に置いてある。夫の茂之も、新聞を手にしなかった。今朝も早番だと言ってさっさと出勤していった。我が家の最大のピンチに、どうして仕事などしていられるのか。

昨夜も茂之とちょっとした口論になった。信じられないことに酒に酔って帰ってきたのだ。「取り引き先に部長と一緒に呼ばれて、その流れで居酒屋に移動したんだよ。どうしておれだけ先に帰れる」というのが、茂之の言い分だった。恵子も結婚前はOLをしていたので、職場の空気は理解できる。しかしそれでも定時に帰ってきてほしかった。家の事情を周囲に説明し、理解を求め、家族を優先してほしかった。

茂之は、おれが家にいても何も変わらないと言う。確かにその通りだが、妻を家に一人残して、会社に行ける神経がわからない。恵子は何度もため息をついた。時間の過ぎることのなんと遅いことか。置時計の秒針の音が、人の心配を突き放すように機械的に響いている。

健太は今頃何をしているのだろうと想像した。寝転がっているのか、それとも大人に囲まれ、いろいろ聞かれているのか――。インターネットで「一時保護所」を検索したら、あっさりと内部の写真がヒットした。ありがたくも恐ろしい世の中である。畳が敷かれただけの殺風景な六畳間だった。テレビもなければ、家具もない。全部同じというわけではなくても、似たようなものにちがいない。もう二晩、健太はこういう部屋で寝たのだと思うと、恵子は胸が締め付けられた。

子供とは、いつも自分の手の中にあるものだった。それを権力によって引き離される羽目になり、初めての恐怖を味わった。こんなにあられもなく動揺するとは、思いもよらなかった。

そのとき電話が鳴った。恵子は跳び上がらんばかりに驚いた。心臓がどくどくと脈打っている。今はすべての電話が怖い。ディスプレイを見ると、坂井瑛介の母、百合からだった。恵子は呼吸を整え、画面に表示された名前を見ていた。出るべきか、それとも出ないほうがいいのか——。いい話のわけがない。瑛介君は逮捕されている。健太とは小学校の頃からの仲良しだ。十四歳かどうかで残酷な線引きをされた。自分が百合の立場なら、この理不尽な仕打ちに八つ当たりしたくなる。

恵子はひとつ深呼吸し、受話器を取り上げた。無視はできない。

「はい、市川です」

「坂井です。今、電話いいですか」

百合が落ち着いた口調で言った。もちろん自分を励まして、平静を装っているのだろう。

「もちろん。構いません」

「ごめんなさい。とくに用はないんです。わたし、会社を休んで家にいるんだけど、一人でいると不安で、不安で……。その後、警察からは何も言ってこないし、学校からも連絡はないし、何かわたしだけのけ者にされてるんじゃないかって……」

「うちも梨のつぶてなんですよ。警察からも、学校からも、一切連絡はないんです。健太は児童相談所の一時保護所というところにいるらしいんですが、そっちからも電話一本なくて……」

「市川さんのところに、弁護士の先生、いらっしゃいました？」

「いいえ。来てませんけど」

「そうですか。健太君は逮捕じゃないからでしょうね……。うちは昨日来たんですよ。堀田さんていう弁護士が。藤田君のお祖父さんが手配した先生らしいんですけどね。わたし、その人に任せていいものなのかちょっと不安で……」

百合が切々と訴えかけてきた。その弁護士は、態度が尊大で、とても印象が悪かったとのことだ。とは言え自分に弁護士のあてはなく、すでに依頼をしたのだそうだ。

「前金が十万円で、それを銀行へ振り込まないとならないんです」

「そうですか……」

恵子は返事に窮した。補導で済んだ健太へのあてつけに聞こえなくもない。

「市川さんのところは、これからどうなるんですか」

「わからないんですよ、わたしにも。夫が警察で説明を受けてきたんですけど、なんか言いくるめられて帰ってきたみたいで、はっきりしないんです。ほんと、この先どうなるのかしら……」

恵子は少し悲観的に言った。瑛介君が警察の留置場にいることと比べたら、健太の児童相談所送致は疵《きず》にもならないからだ。

「今夜、二中で臨時ＰＴＡ総会が開かれるそうですね」と百合。

「え、そうなんですか？　わたし聞いてないけど」

「わたしは勤め先の社長から聞いたんです。心配していろいろ情報を集めてくれて。たまたま近所に二中のＰＴＡの役員がいたらしくて……。そのうち一斉メールが届くと思います。市川さん、どうします？」

「どうしますって――」恵子は総会の話に血の気が引いた。今夜そこで何が報告されるのか。健太の名が明かされるのか。

「行けないですよねえ、わたしたち。だって当事者だし。もし出席したら、学校側だって困るだろうし」百合が苦しげに言った。

「もしかして、わたしたちだけ除いて、すでにメールの連絡が行ってるんじゃないですかね」

恵子はそんな想像をした。

「そうかなあ。わたし、メールとか機械のこと、よく知らないから」

「わたしも一緒。いずれにせよ、ＰＴＡ総会があっても、私たちは蚊《か》帳《や》の外ですよね」

「うん。そうね。ところで、ゆうべのお通夜、行ってませんよね」

「もちろん。だって行けないでしょう」恵子は飛びつくように答えた。

「どんな感じだったのかなあ」

「さあ、わからないけど」

「今日は告別式でしょう。そろそろ始まる時間」

「なんか、落ち着かないですね」

「うちなんか落ち着かないどころじゃないわよ。逮捕されたんだもん」

「そうね。ごめんなさい」

「市川さんが謝ることないって。法律が不公平なんだもん」

「うん。わたしもそう思う」

互いに不安を訴え合い、電話は三十分以上続いた。最初は気乗りしなかった電話だが、話すうちに恵子は少し落ち着きを取り戻した。やはり一人で悶々《もんもん》としているよりはいいのだ。それに、慰めになったのも事実だった。百合の息子は逮捕されている。もしものときは少年刑務所にも入れられる。それを考えると健太は運がいい。十三歳は何をしても罪には問われないのだ。

電話を終えると、またパソコンに向かった。次はいろんな人の体験談を読んでみたい。同じ立場を経験した親が日本中にいるはずだ。

高村真央は昨夜に引き続き、葬儀場に出かけることになった。名倉祐一の叔父、康二郎から携帯に連絡があり、告別式も取材に来てほしいと言われたからだ。その口ぶりでは、どうやら記事の扱いが小さいことに不満があるらしい。少年事件ゆえ報道が慎重なのはどこも同じであり、個人的には第一印象の悪さもあって康二郎とは顔を合わせたくなかったのだが、デスクに相談したら、「行けよ。〝犬も歩けば〟だ」とぞんざいに追い払われた。

「その叔父さん、ゆうべの通夜だって、二中の生徒相手におかしなことをまくし立てたんだろう？　いやな奴ほどネタになるってもんだ」

新人記者としては従うしかない。蒸し暑い中、高村は二日続けて黒のパンツスーツを着込むはめになった。天気予報では、最高気温が三十二度だと言っている。

葬儀場は、通夜の倍以上の参列者で埋まっていた。見渡すと、ほとんどが商売の関係者と思われた。祭壇右隣には、親戚らしき子供たちが、つまらなそうな顔で遺族席に並んでいた。和服の弔問客を気遣ってか、ホール内は寒いほどの冷房が入っている。高村は背中の汗が一気に引いた。

所在なく立っていると、前方から康二郎が大股で近づいてきた。

「中央さん、今日の朝刊、どうして地域面のベタ記事なのよ」高村に向かっていきなり不満を口にする。

「一国新聞は写真入りだよ。しかも社会面」

「一国さんは地元紙ですから……」

「そういうの、言い訳になるかなあ。こっちは被害者なのに、なんか軽く扱われてる気がするんだけどね」

康二郎は語尾を強くして言い、「ちょっと聞きたいこともあるから」と廊下へ出るよう促した。高村は早くも気持ちが萎《な》えた。この人物は根が自己中心的なのだろう。人の都合は一切聞かない。参列者が行きかう中、長椅子に並んで腰を下ろした。

「で、警察の取り調べはどうなってるのよ。噂《うわさ》では、四人の生徒が祐一を銀杏の木の枝に飛び移らせて、落ちたものだから、怖くなって逃げ出したってことらしいけど。ちゃんと自白させられたわけ？」

「わたしは知りません」

「知らないって、あんた記者でしょう。刑事の家に夜討ち朝駆けって、そういうのをしてるんじゃないの」

「仮に知っていたとしても、記事にしないことはしゃべるわけにはいきません」

「どうしてよ。こっちは遺族だよ。少年事件だと、人権だの何だのと言い出して、被害者側はいつも蚊帳の外。それっておかしいんじゃないの」

「ご遺族のお気持ちは察しますが、新聞は中立の立場なんです」

「またきれいごと言って。どうなのよ。実際の話。祐一をいじめた四人ってのは、起訴されるわけ？」

「ですから、わたしは知らないんです」

高村は風圧に耐えるように対応した。少しでも引いたら、どんどん押し込まれそうだ。

「まあいいや。警察のことは。で、加害者家族はどうしてるのよ。あれから取材に行った？」

「いいえ。行ってません」

「これだよ。少年法を言い訳にして、実際はマスコミの談合なんじゃないの」

お手上げのポーズをして、大袈裟《おおげさ》に顔をしかめる。康二郎は、加害者四人の保護者が通夜にも告別式にも姿を見せないことを非難し、記事にするべきだと訴えた。

「それは記事にできません」高村が言った。被疑者段階で書けるわけがない。

「どうしてよ。記事の最後に、加害生徒の親は顔を見せなかったと書くだけでいいんだからさ」

「すいませんが。今日の告別式の記事自体、載らないと思います」

「うそ。マジで?」

「この先は、少年たちが起訴されるかどうかですから。現時点では被疑者です」

康二郎が背もたれに体を預け、大きくため息をついた。

「まったく、みんなして薄情なもんだ。結局は他人事《ひとごと》なんだな。誰が死のうと。あなた、そう思わない？」

高村は返事をしなかった。

「今夜、二中の臨時ＰＴＡ総会が開かれるそうだけど、加害者の親は省かれてんだってね」康二郎が声のトーンを下げて言った。

「そうですか」

「さっき校長を摑《つか》まえて聞いたのよ。加害者の親も来るのかって。そしたら、一斉のメール連絡から外したって。ま、わかるけどね。知らせたって来やしないだろうし」

康二郎の学校批判が続いた。告別式に生徒をよこさないのも気に食わないらしい。

高村は学校の立場に同情した。どういう選択をしても批判にさらされる。被害者も加害者も生徒であり。教師たちには両者を守る義務がある。

「記者さん、母親に会ってみる?」康二郎が言った。

「お話をうかがえるんですか」一瞬、気持ちがはやった。

「ちょっと義姉さんに聞いてみる。ぼくとしては、母親の悲しみをもう少し世間にアピールしたいわけよ」

「お願いします」

このときばかりは頭を下げた。やっぱり記者は〝犬も歩けば〟だ。

僧侶が登場し、高村はやっと解放された。ロビーにいた参列者がぞろぞろと入場する。遺族席の端に名倉祐一の両親が座っていた。母親はゆうべよりもさらに憔悴《しょうすい》した印象だ。

その姿をあらためて見ると、気の毒という以外なかった。一人息子を亡くした親の気持ちは、二十四歳の高村にとって想像するのも畏れ多い。それは恐らく、自分の人生をも奪われたようなものだろう。この先、心の底から笑うことはないのではないか。おいしい料理に目を細めたり、美しい自然に感動したり、そんな日常の愉悦にも何かしらの雲がかかる。親の心に、晴天の日はもう訪れないのである。

後方に着席し、線香の匂いが漂う中でお経を聞いていたら、つい舟を漕いでしまった。記者になってからというもの、ずっと慢性的な睡眠不足だ。

告別式はやたらと長いものとなった。参列者が多く、焼香に時間がかかったせいだ。せっかくなので、高村も焼香の列に並んだ。昨夜は、廊下からのぞいていただけだ。

順番を待っていると、一国新聞の長谷部が何食わぬ顔で割り込んできた。「中央さん、名倉の専務と何を話してたの」前を見たまま聞く。

「記事が小さいって、文句を言われてたんです」

「はは。うちとは逆だ。名倉呉服店の名前を出すなってねじ込んできたよ。それも広告局を通じて。もう遅いけどね」

「長谷部さん、面識はあるんですか」

「ないよ。小うるさい男だって評判は聞いてるけどね。社長の兄貴が真面目でおとなしくて、副社長の嫁さんがやり手の社交家で、専務の弟が派手好きのドラ息子。学生時代から親の金で外車を乗り回してたってさ」

「そんな感じですね」

「支店を任されてはいるが、本音のところは、オモチャを与えて、本店に口出しさせたくないんだろうな」

高村は下を見て苦笑した。「よくご存知なんですね」

「だから言っただろう。小さな町なんだ。口さがない連中は、祐一君が死んだから、跡取りは弟・康二郎のせがれになるんじゃないかって、そんなことまで噂してる。そうなりゃあ番頭どもにも一大事だ。まあ、よそさんのお家騒動は見てるぶんには楽しいからね」

高村は長谷部の話を聞きながら、康二郎の言った「結局は他人事」という言葉を噛《か》みしめた。まったくその通りだ。人は自分に累が及ばないことに関しては、一貫して野次馬なのだ。

順番が回って来て、高村は焼香をした。祭壇の棺は顔の部分だけ扉が開いていた。これが普通のやり方なのか、高村には判断がつかない。少し首を伸ばせばのぞける位置にあったので、見ておくべきだと思い、背伸びをして名倉祐一の死に顔を見た。小学生かと思う童顔だった。頬の柔らかな曲線は、女の子のようでもある。三日前、この少年の身に何が起こったのか。何故に名倉祐一は、銀杏の木に飛び移ることになったのか——。

胸のあたりで、薬でも飲んだような苦味が広がるのを感じた。高村にとって、これだけ若い人間の死に接したのは初めての経験だった。死体を前に、思いがけず心臓が高鳴り、数珠を持つ手が震えた。いけない、いけないと、自分を叱咤《しった》した。新聞記者という仕事に就いたからには、この先何度も死体を見ることになるのだ。

参列者の焼香が終わると、出棺準備のため親族以外は外に出た。小雨が降り始めたので、みなが暑いのを堪《こら》えながら、軒下に連なっている。しばらくすると、中から女の泣き声が聞こえた。最後の別れをし、棺の蓋が閉じられたのだ。声の主はきっと母親だ。

大きな霊柩車《れいきゅうしゃ》が横付けされ、出棺の運びとなった。親族に担がれて棺が荷台に収められる。遺影を持った両親が前席に乗り込んだ。クラクションを響かせ、霊柩車はゆっくりと走り出した。

少し離れた場所で見ていた高村に、康二郎が近づいてきた。

「これから火葬場に行くけど、マイクロバスが出るから親戚連中と一緒に乗っちゃって。駐車場に待機してる。火葬してる間に、義姉さんが少しだけなら話してもいいって言ってるから」

そう耳打ちし、お尻をポンとたたいた。

「あ、はい」

高村は途端に上ずってしまった。いったい名倉祐一の母親に、何を聞けばいいのだろう。それを思うだけで、喉がからからに渇いた。


飯島浩志は、その日担当する授業をすべて自習にし、警察への対応に追われていた。刑事たちが昨日から全生徒のヒヤリングを行っていて、それが今日も続いているのである。学年主任の中村に、警察に無茶をさせないよう張り付いていろと命令され、彼らに提供した二つの理科実験室前に陣取っていた。昨日同様、ヒヤリングは名倉祐一が転落したときの目撃者捜しに集中していた。質問がその一点に絞られているため、生徒との面談はほとんど流れ作業だ。クラスごとに呼び出し、廊下に待たせ、一人ずつ教室に呼んでいる。

乗り込んできた刑事は十人ほどで、その中に高校時代の元同級生、豊川はいなかった。飯島は逮捕された受け持ちの生徒、坂井瑛介の様子を知りたかったのだが、派遣された刑事に聞いても「知らない」と素っ気なくあしらわれた。警察組織は縦割りなのだろうか。少年係の刑事だという男からは、逆に発見時の様子をしつこく聞かれるありさまだった。

ここへ来て、警察の考えていることがおおよそわかった。彼らは名倉祐一の転落を事故だとは思っていない。坂井たちが、部室棟の屋根から銀杏の木に飛び移ることを強要し、気の弱い名倉がそれに従い、失敗し、落ちて死んだと踏んでいる。果たしてこれがどういう罪になるのか、飯島に法知識はないが、無罪というわけにはいかないであろうことは容易に想像できた。今適用されている傷害罪は、俗にいう別件逮捕だ。

坂井瑛介はこの先どうなるのか、飯島は気が気でなかった。一昨日、母親が警察で取り乱す様を間近で見たが、飯島も動揺が続いたままだった。まだ十三歳の市川健太は罪に問われないが、坂井は十四歳なので、起訴されれば刑事裁判にかけられる。こんな不公平が、同じクラス内で生じている。

周囲には黙っていたが、一昨日から胃が痛くて食事も満足にとれなかった。正直を言えば、真相究明より以前に、生徒の無罪放免を願っている。

坂井は物静かな生徒だった。担任になっての第一印象は、大きいのがいるな、だった。喧嘩も強そうだなと、飯島は少し構えた。中学生ともなると、大人より体力で勝る男子生徒がざらにいる。そういう生徒が荒れると、担任は日々戦いを強いられる。だから坂井が、いわゆるツッパリでなかったことに、飯島は大いに安堵《あんど》した。

新学期が始まってしばらくして、学校行事の一環で映画鑑賞会があった。命の尊さを描いた動物ものだったが、上映終了後、坂井が目を赤くしていたのを見て、この子はやさしい心根の持ち主だと確信した。

体が大きくて目立つせいで、ときどき不良グループから喧嘩を売られることもあるようだが、自分からトラブルを引き起こすことはないし、粋がることもない。学業成績は平均以上で、ちゃんと向学心もある。

それに、交友関係も飯島を安心させた。坂井の一番の友人は市川だ。市川は明るい性格で、クラスのリーダー格だ。お調子者のところもあるが、総じて責任感は強い。今回の逮捕・補導を、何かの間違いではないかと今でも思っているのは、市川の存在による。市川がついていて、何かひどい事態に陥るとは考えにくいのである。

もっとも中学生はわからない。飯島は中学教師になってから、日々それを実感していた。自分の意思とは異なることを、なぜか起こしてしまう。彼らが一番恐れることは孤立で、ノリが悪いとか、真面目だとか、そう言われたくないばかりに常識を踏み外してしまう。池に浮かぶ水草のように、根っこがなく、不安定なのだ。おまけに集団の空気にいとも簡単に呑《の》み込まれ、流される。ゲームと現実の区別がもっともつきにくい年代で、それゆえ中学生には陰惨な事件が多い——。

廊下に置いた椅子に座り、考え事をしていたら、人の影が降りかかった。見上げるとクラスの安藤朋美だった。

「先生、うちのクラスも警察のヒヤリングを受けるんですか？　数学の大野先生が、もし受けるのなら授業と重なるので、だったら自習にしたほうがいいから、飯島先生に聞いて来てって——」

階段を駆け上ってきたのか、少し息を切らして言った。

「うん、受けてもらう。警察の要請だから。もうすぐ順番だ。そのときは先生が呼びに行く」

「わかりました」踵《きびす》を返そうとする。

「ああ待て。クラスはどうだ」飯島が呼び止めた。

「どうって？」

「様子だ。落ち着いてるか、それとも動揺してるか」

「うーん」安藤が少し考え込む。「いつもよりは静かです」

「そうか。わかった」

「それから今朝、わたし、警察署に行って、授業のノートを坂井君に渡してくださいって頼んだら、刑事さんに断られました」

「そうなのか。だめだったか。警察もケチだな」

そう言いつつ、この女子生徒の行動力に感心した。

「先生、坂井君と市川君はいつ戻ってくるんですか」

「それは先生もわからん。少年係の刑事さんに聞いたところでは、起訴猶予か不起訴ならすぐにでも釈放されるって話だけど……」

「え、そうなんですか？」

「ああ、だけど、ここだけの話だ。クラスでは言うな」

あわてて付け足した。しかしすぐに広まるだろう。

「わかりました。で、キソユウヨかフキソって？」

「裁判にかけないってことだ」

「ふうん。そうなるといいですね」

安藤が腕組みし、大人びた仕草で言う。

「なあ安藤。おまえ、B組の名倉祐一は知ってたか」

飯島がふと聞いてみた。

「知ってましたよ。小学五、六年生のとき、同じクラスだったし」

「そうか。どんな生徒だ」

「どんな生徒って言われても……」安藤が窓の外に目をやり、自信なげに言った。「普通だと思うけど……」

「そうだよな。普通だよな」

「でも昔からいじめに遭ってた」

「え、そうなのか」

「うん。お金持ちの子だから、男子たちにジュースだとか駄菓子だとか、いろいろたかられてたかな。修学旅行のときは、旅館の押し入れに閉じ込められて、晩御飯食べられなかったし」

「そうか……」

飯島は嘆息した。子供の世界では、いじめが娯楽なのだ。死んだ名倉が一層不憫《ふびん》に思えた。

「坂井と市川は、名倉君をいじめてたと思うか。おまえ、ソフトボール部だったよな。テニス部とは運動場で隣同士だろう。何か知ってることはあるか」

「さあ、どうかなあ。わたしの見た限りでは、坂井君と市川君はいじめてなかったと思う。だって名倉君は自分から坂井君たちのうしろをついて歩いてたんだし」

「そうか」

なんとなく想像がついた。中学生はいじめられ、疎まれても、一人でいるよりはましなのだ。

「それに、坂井君が三年生の不良グループから名倉君を守ってやったのも事実だし」

「それはどういうことだ」

「そういう噂。男子の方が詳しいと思うけど」

「噂でもいいから教えてくれ」

「先生、わたしもう行かないと」安藤が困り顔で言った。

「いいよ。どうせ自習だ。だから教えてくれ」

安藤は歯を噛みしめてしばし考え込むと、大きく呼吸したのち、口を開いた。

「三年生の不良グループ、いるでしょ。髪染めて、ぶかぶかのズボン穿《は》いて、無免許でバイクに乗ったり、喧嘩ばっかりしてる人たち。あの人たちが、名倉君がお金持ちの子だからって、ちょくちょくたかってたらしいの。それで同じテニス部の坂井君が、それは可哀想《かわいそう》だからって、三年生にやめてくれって言って、喧嘩になったかどうかは知らないけど、もう名倉君には手を出させないようにしたんだって。そういう話」

「そうか。そういうことがあったのか」

少し救われた気がした。やはり坂井は、悪い人間ではない。

「先生、わたしがしゃべったなんて言わないでくださいね」

「もちろん」強くうなずいた。

「わたし、坂井君と市川君を信じてる」

「ああ。先生もだ。もう行っていいぞ」

安藤がスカートをふわりと浮かせて駆けていく。飯島は安藤の話を聞いて希望が湧いてきた。なんとか二人の生徒を日常に戻してあげたい。事故でありますように。担任教師の勝手な望みだとわかっていても、そう祈ってしまう。

本書は、株式会社朝日新聞出版のご厚意により、朝日文庫『沈黙の町で』を底本としました。但し、頁数の都合により、上巻・中巻・下巻の三分冊といたしました。

沈黙の町で　上
（大活字本シリーズ）

2021年5月20日発行（限定部数700部）
底　本　朝日文庫『沈黙の町で』
定　価　（本体3,200円＋税）
著　者　奥田　英朗
発行者　並木　則康
発行所　社会福祉法人 埼玉福祉会
埼玉県新座市堀ノ内3—7—31　〒352—0023
電話　048—481—2181
振替　00160—3—24404
印刷製本所　社会福祉法人　埼玉福祉会 印刷事業部

© Hideo Okuda 2021, Printed in Japan

ISBN 978-4-86596-418-9

大活字本シリーズ発刊の趣意

現在，全国で65才以上の高齢者は1,240万人にも及び，我が国も先進諸国なみに高齢化社会になってまいりました。これらの人々は，多かれ少なかれ視力が衰えてきております。また一方，視力障害者のうちの約半数は弱視障害者で，18万人を数えますが，全盲と弱視の割合は，医学の進歩によって弱視者が増える傾向にあると言われております。

私どもの社会生活は，職業上も，文化生活上も，活字を除外しては考えられません。拡大鏡や拡大テレビなどを使用しても，眼の疲労は早く，活字が大きいことが一番望まれています。しかしながら，大きな活字で組みますと，ページ数が増大し，かつ販売部数がそれほどまとまらないので，いきおいコスト高となってしまうために，どこの出版社でも発行に踏み切れないのが実態であります。

埼玉福祉会は，老人や弱視者に少しでも読み易い大活字本を提供することを念願とし，身体障害者の働く工場を母胎として，製作し発行することに踏み切りました。

何卒，強力なご支援をいただき，図書館・盲学校・弱視学級のある学校・福祉センター・老人ホーム・病院等々に広く普及し，多くの人人に利用されることを切望してやみません。